U0624406

琼 瑶

作 品 大 全 集

月朦胧鸟朦胧

琼瑶 著

作家出版社

琼瑶，本名陈喆，作家、编剧、作词人、影视制作人。原籍湖南衡阳，1938年生于四川成都，1949年随父母由大陆赴台生活。16岁时以笔名心如发表小说《云影》，25岁时出版首部长篇小说《窗外》。多年来笔耕不辍、代表作包括《烟雨蒙蒙》《几度夕阳红》《彩云飞》《海鸥飞处》《心有千千结》《一帘幽梦》《在水一方》《我是一片云》《庭院深深》等。

多部作品先后改编成为电影及电视剧，琼瑶也因此步入影视产业。《六个梦》系列、《梅花三弄》系列、《还珠格格》系列等、影响至深，成为几代读者与观众共同的记忆。

琼瑶以流畅优美的文笔，编织了众多曲折动人的故事。其作品以对于梦的憧憬和爱的执着，与大众流行文化紧密结合，风靡半个多世纪，成为华文世界中极重要的文学经典。

我为爱而生，我为爱而写

文字里度过多少春夏秋冬

文字里留下多少青春浪漫

人世间虽然没有天长地久

故事里火花燃烧爱也依旧

復禄

第一章

　　刘灵珊第一次见到韦楚楚是十月的一个下午。

　　如果不遇到韦楚楚，灵珊的生活绝不会有任何波浪，也绝不会有任何奇迹。她的生活会和过去二十二年的一样：平凡、快活、满足、自在……地度过去。即使恋爱结婚生儿育女，也都是顺理成章的。但是，她却在那个十月的下午，认识了韦楚楚。对灵珊而言，那个下午没有什么特别。午饭是在家里吃的，吃完午饭，她就和往常一般，去"爱儿"幼稚园教下午班，带着那群孩子唱歌、跳舞、做游戏、讲故事……直到五点钟下了课，她回到家——那坐落在忠孝东路的"安居大厦"。自从台北市的"大厦"纷纷林立开始，灵珊父母的朋友们就都陆续迁入了各大厦，未几，灵珊的父亲刘思谦不能免俗，他们全家搬到"安居大厦"来那年，灵珊刚满十八岁。如今，在这栋大厦里已经住了四年了。灵珊有个奇怪的发现，以前邻居与邻居之间很容易交朋友，很容易熟悉起来。在大厦中，每户可能只有几步之遥，大家却能相居数年而如同陌路。例如，她们刘家在四楼 D 户，四楼一共有五家，灵珊就从来没有弄清楚其他四家住着些什么人。偶尔，她听女佣翠莲提起，E 座的人搬走了，A 座又换了主人……她呢？这些跟她都没关系，她反正不认识这些人。

这天下午，她和往常一样走进大厦，手里捧着一沓幼儿习字簿。看看电梯，灯亮在十楼上，不耐烦等电梯下来，她习惯性地直接往楼梯上冲。上了二楼，再上三楼，她就听到了一阵刺耳的喧哗和叫嚷之声。发生了什么事？在这大厦中，虽然住着五六十家人家，却一向都很安静。

她刚往四楼上走，迎面，一个小女孩直冲了下来，差点和她撞了个满怀，接着，有个气急败坏的少女尖着嗓子呼叫着："楚楚！你站住！楚楚！你不要跑！"

灵珊正在惊愕中，那少女旋风般地卷了过来，一伸手，就捉住了那个正在奔跑中的小女孩。女孩挣扎着，尖声大叫，死命要挣脱那少女的手，那少女却攥住她不放，两人拦着楼梯，在那儿又扭又打又叫又挣扎。灵珊的去路被她们两个挡住了，她只得倚着楼梯扶手，呆望着她们。

"你放开我！你这个坏女人，死女人！死阿香！你放开我，我不要你管我！"那小女孩尖锐地嚷着。

"楚楚，你回家呀！如果你跑丢了，先生会骂我的呀！走！你把人家的路挡住了。快跟我回去，好小姐，我煮面给你吃！"

"我不吃！我不吃！"那女孩撒赖般往地上躺去，继续尖叫："我不要你管我！你拉住我干什么？你滚蛋！你滚！你滚……"灵珊惊异地望着那孩子。当了两年幼稚园教师，整天和孩子们相处，灵珊见过各种调皮捣蛋的孩子，但是，却第一次见到一个小女孩会如此蛮横粗野。她打量着面前这一大一小，看出那叫阿香的少女只有十八九岁，看样子是女孩家里的女佣。而那孩子呢？顶多只有五六岁，有张小小的瓜子脸，瘦瘦的小尖下巴，两道浓黑挺秀的眉毛和一对乌溜滚圆的大眼睛，这孩子长得相当漂亮！但是，她满脸都是野性的倔强，披散了一头乱七八糟的短发，身上是件质料很好的羊毛衫裙，也早已弄得又皱又乱，腰上的带子散了，领上的扣子开了，裙摆上还有一大块污渍。

"楚楚，你听话，你乖，跟我回去……"阿香开始在哀求了，"你看，你挡住这个阿姨的路了！"她弯下身子，想把那小女孩抱起来，谁知道，那小女孩忽然抬起脚来，对着阿香就一脚踢了过去，阿香正弯着腰，这一脚就直踢到阿香的脸上，阿香惊呼一声，慌忙站直身子，用手捂着鼻子，哼着说："好，好，你家的事我也不做了！你踢人，你这个……这个……这个小妖怪，小混蛋……"

"你骂我？你敢骂我！"那小女孩直冲上去，提起脚来，又要踢过去。灵珊忍无可忍，生平最恨仗势欺人的事，没料到一个小女孩，竟懂得欺侮家里的女佣。她本能地一伸手，就把那小女孩拉开了，一面嚷着说："你这小孩子，怎么可以踢人呢？你爸爸妈妈难道不管你？"

小女孩吃惊地站住了，回过头来，她瞪视着灵珊，似乎不相信这个陌生阿姨会来喝骂自己。她只对灵珊扫了一眼，就高高地仰起下巴，恼怒地叫："我高兴踢！我爱踢！你管我？你管我……我也踢你！"

眼看她又举起脚来了，灵珊把手里的习字簿往阿香的手里一塞，就伸手过去，一把抓住了小女孩的手腕，用力往楼上拖，一面拖，一面说："走，找你妈去！你住哪一家？"

"四楼Ａ座！"阿香说，"小姐，你还是不要管她吧！家里只有我，什么人都没有！她爸爸去上班了！"

"她妈呢？"灵珊问。

"我妈死啦！"小女孩尖叫着说。

哦，原来如此！一个没母亲的孩子，怪不得如此缺乏教养！灵珊心里的同情油然而生，对那小女孩的反感也减轻了不少。她低头看了看她，仍然把她往楼上拉去。

"听阿香的话，回家去！"她说，语气虽然缓和了，却有着当惯老师的那种威严。"我不回去！"小女孩提高了嗓子，尖声怪叫，声音如此尖锐，灵珊猜想，整栋楼都要被她震动了，"你这个坏女人，你放开我！我不要你管！你是女妖精，你是狐狸精，你是绿油精……"灵珊又惊又怒，这是些什么怪话？怎么五六岁大的孩子会吐出这么多乱七八糟的话来？她冒火了，被这个小女孩触怒了。她用力把她拖上了楼，怒吼着说："如果没有人管教你，我就来管你！女孩子嘴里这么不干不净，长大了还得了？"

"我不要你管！不要！不要！不要……"女孩子大嚷着，却无法挣脱灵珊的控制，于是，忽然间，她低下头，对着灵珊的手指一口咬去，灵珊大惊失色，慌忙松手，那孩子趁此机会，转身就向楼下奔去。灵珊大怒之下，再也顾不得和这孩子素不相识，就本能地冲过去，拦腰从背后把她一把抱住，用手臂死死地箍住了她。那孩子一面双脚乱踢，两手狂舞，一面杀鸡般狂叫起来。灵珊置之不理，对阿香说："你去开门，我把她弄进来！"

阿香走到Ａ座大门口，打开了房门，灵珊把那孩子半拖半抱半拉地弄进客厅，那孩子挣扎无效，就陡然间用指甲狠狠地掐进灵珊的手臂里去，灵珊负痛，忍不住叫了一声，就把那孩子放进沙发里，再看自己的手臂，竟然被抓掉了好大一块皮，血沁了出来，阿香惊呼着说："哎呀，小姐，你的手破了，我去拿红药水。"

"不要！"灵珊简单地说，"我就住在Ｄ座，我回去上药！"她回头瞪着沙发上那横眉竖目的孩子："她该剪手指甲了！"她看看阿香，又问："她叫什么名字？"

"她姓韦，叫楚楚。"阿香说，"清清楚楚的楚楚。"

"清清楚楚？"灵珊没好气地挑起了眉毛，"正经取名字叫粗粗鲁鲁还差不多！"她往门口走去，说："你最好把她锁在房里！""小姐！"阿香及时叫了一声，"你的本子！"

灵珊这才想起，阿香手里还捧着自己的那沓习字簿，她正要接过来，谁知道，楚楚却像箭一般从沙发里直射而来，一头撞在阿香身上，同时间，她伸手用力一拨，就把阿香手里的习字簿全弄到地毯上，散得满房间都是。阿香又气又急，涨红了脸叫："楚楚！你发疯了！"灵珊站定了，她望着这个韦楚楚。同时，楚楚也仰着她那尖尖的小下巴，挑战地望着灵珊。她们两个对视着，似乎都在衡量着对方，都在备战的状况中。而那可怜的阿香，就满屋子捡拾那些习字簿。灵珊看了楚楚好一会儿，抬起头来，她对整个房间打量了一下，咖啡色的沙发，米色的地毯，考究的家具，证明主人的经济环境不坏。靠餐厅的墙边，一排酒柜，里面的各种名酒，更证明主人的洋化。她轻叹了一声。有钱人家的独生女，多半被宠得无法无天，但是，像韦楚楚这样骄狂放肆，以后岂不毁了？她环视室内，找不到可以应用的东西，低下头来，她瞪着楚楚："你听话一点儿，再这么胡闹，我会揍你！"

"你敢！"楚楚大声说。

"你以为我不敢吗？"灵珊恼怒地说，猛然抓住楚楚的肩膀，在楚楚还来不及反抗之前，就用力把她推到沙发上去，把她的身子倒扣在沙发上，她死命按住她，在她的屁股上狠狠打了几巴掌。楚楚乱叫乱嚷，拼命挣扎，灵珊刚一放手，她就对着灵珊的脸一把抓去，灵珊闪开了，那几片尖锐的小指甲，就从她脖子上划过去，一阵刺痛之下，灵珊知道脖子一定被抓破了皮。这一怒非同小可，她拉起楚楚的手，掰开手指一看，五根指甲又长又黑。她气冲冲地说："阿香，给我找根绳子来！"

"不要！不要！不要……"楚楚发现情况不妙，尖声怪叫着。阿香犹豫着没有动，灵珊知道阿香不敢真找绳子。她再看看韦楚楚，心一横，就从自己脖子上取下一条纱巾，把楚楚的一双手扯到身前，楚楚杀鸡杀狗般大叫大嚷，灵珊任由她乱喊，用纱巾硬把楚楚的一双手绑了起来。楚楚又蹦又跳又叫，灵珊也不知道哪儿来的这么大力气，居然把她的一双小手绑牢了。于是，楚楚就绑着双手，满屋子乱跳，像个猴子一样。灵珊一看，这样也不行，就严厉地对阿香喊了一句："阿香！绳子！"阿香吓了一跳，看看灵珊的脸色，竟不敢抗拒，走进厨房，真的找了一根晒衣绳来。楚楚害怕了，满屋子狂跑狂叫："不要绑我！不要绑我！不要绑我！"

"你还敢咬人、踢人、抓人吗？"灵珊厉声问，又怒喝了一句，"站住！不许跑！"楚楚站住了，犹豫地望着灵珊。惧意和怯意明显地流转在她的眼睛里，她怕了，她终于怕了，她知道面前这个人不会向她妥协。她低下头去，一言不发。

"坐到沙发上去！"她命令着。

那孩子趔趄着，慢吞吞地挨到了沙发上。

"阿香，给我一把梳子、一条湿毛巾和一把指甲刀，我要把这孩子弄弄干净。""是，小姐。"阿香遵命而行。

十分钟后，灵珊已经把韦楚楚的头发梳好了，脸洗干净了，指甲也剪短了。那孩子从怪叫怪嚷已变成了没嘴的葫芦。紧闭着嘴巴，她用一脸的倔强和沉默来对付灵珊。不敢再咬再踢了，但是，她那对眼睛里却充满了敌意和反叛。

灵珊站起身来，她抱起自己的本子，往房外走去。走到门口，她想想不对，又回过头来，望着阿香问："这孩子几岁了？""我不知道。""你不知道？"她惊愕地说，"你怎么会不知道？"

"我来她家做事，只有几天。"

"哦，"灵珊点点头，"告诉她爸爸，她应该到学校里去！"她转身离开。沉默了很久的韦楚楚望着灵珊的背影，细声细气地接了一句："我爸爸会杀掉你！"灵珊听见了，站住了。回过头去，她看着那孩子，一对清澈明亮的眼睛，一张厚嘟嘟的小嘴，好漂亮的一个孩子！那眼睛倔强地、倨傲地迎视着她，像个小小的斗士！她摇摇头，对那孩子微微一笑。"很好，"她说，"让你爸爸来杀我吧！"

　　甩了一下头，她走出了那屋子，带上了房门。

　　从走廊里走过去，只隔了两户，就是她家的大门，她掏出钥匙来开门，丝毫没有料到，这个小小的女孩竟改变了她一生的命运。

第二章

晚上，灵珊坐在书桌前面，一面批改着孩子们的习字簿，一面倾听着客厅里传来的笑语声。姐姐灵珍和她的男友张立嵩似乎谈得兴高采烈，灵珍那悦耳的笑声像一串小银铃在彼此撞击，清脆地流泻在这初秋的夜色里。灵珊用手托着下巴，望着台灯，忽然默默地出起神来。她想着灵珍，这个比她大两岁的姐姐。自幼，她们姐妹一起长大，亲热得什么似的，睡一间房间，穿彼此的衣服，她从没想过，有一天要和灵珍分开。可是，张立嵩闯进来了，姐姐也变了，只有和张立嵩在一起，她才笑得特别甜，特别高兴，有时，她觉得自己简直在吃张立嵩的醋，她也曾和母亲说过："妈！你养了二十四年的女儿，根本是为张立嵩养的嘛！她现在眼睛里只有张立嵩了。"

"养女儿本来就是为别人养的！"刘太太非但不生气，反而笑嘻嘻地说，"有一天，你眼睛里也只会有另一个男人！不只你，连灵武长大了，也会有女朋友的！人，就是这样的：小时候是父母的，青年时是丈夫或妻子的，年纪再大些，就是儿女的了。"

"妈，你舍得灵珍出嫁吗？"

"有什么舍不得呢？女婿是半子，灵珍嫁了，我不会失去女儿，只会多半个儿子！"刘太太笑得更满足了。

"哦！"灵珊眩惑地望着母亲，"妈，你知道吗？你实在是个洒脱而解人的好母亲，只是……"她顿了顿。

"只是什么？"

"只是有一点不好！"她蹙起眉头，做愁眉苦脸状。

"哪一点不好？你说得对，我就改！"刘太太大方地说，坦白而诚恳。

"你使我无法对朋友们讲，我家的父母多专制、多霸道，多不近人情、多古怪、多自私、多顽固……于是，我就失去许多知己！"

刘太太笑了，用手搂住灵珊的头："我小时候，你外公外婆把我像管犯人一样带大，我爱上你父亲，你外公百般刁难，从他的家世、人品、学历、相貌……一一批评，评得一文不值。我嫁了，结婚那天就发誓，我的儿女绝不受我所受过的苦。"

"幸好外公外婆把你像管犯人一样带大！"灵珊说。

"怎么？"

"否则，你怎么会成为一个解人的好母亲呢！"

刘太太笑着捏了捏她的面颊。

"看样子，我还该感谢我的父母，对不对？"

"当然哪！我也要感谢他们！"

母女相对，就都笑了起来。

现在，客厅里传来的笑语声中，还夹杂着母亲和父亲的笑谑，显然，父母和张立嵩之间相处甚欢。另外，灵武一定又在他自己房里弄那套音响，因为，那全美十大排行榜的歌曲在一支支地轮换，却没有一支放完了的。灵珊倾听了片刻，推开了桌上的习字簿，她不耐寂寞，站起身来，往客厅走去。刚好，灵武也从他的房间里钻了出来，一看到灵珊，他就一把拉住了她："二姐，我需要支援！"

"怎么了？又要买唱片？"

"答对了！"

"我没钱！"

"不要太小气！"十五岁的灵武扬了扬眉毛，"全家只有我一个是伸手阶级！你们不支持，我怎么办？"

"我指点你一条路，"灵珊说，"坐在客厅里那位张公子，凡是转你姐姐念头的人，你也可以转他的念头……"

"喂！灵珊！你出来！"灵珍扬着声音喊，"就不教他学好，你以为你一辈子不会交男朋友吗？"

灵珊走进了客厅，冲着灵珍咧嘴一笑。

"总之，我现在还没有可被敲诈的朋友！"

"没有吗？也快了吧！"灵珍说，"那个扫帚星呢？"

"什么扫帚星？人家叫邵卓生！"

"哦！是邵卓生吗？"灵珍做了个鬼脸，转头对灵武说，

"灵武，我也指点你一条路，明天你去幼稚园门口等着，有个去接你二姐的扫帚星，你尽可以拦路抢劫！"

"别胡闹！"灵珊喊，"人家还没熟到那个程度！"

"没熟到那个程度就更妙了！"灵珍说，"越是不熟，越是敲诈的对象，等到熟了，反而敲诈不到了。"

"喂喂！"做父亲的刘思谦嚷了起来，"你们姐妹两个都是学教育的，这算是什么教育？"

"机会教育！"灵珊冲口而出。

满屋子的人都笑了，灵武趁着一片笑声中，溜到了张立嵩身边，笑嘻嘻地叫了一声："张哥哥！"

"傻瓜！"灵珊笑着骂，"这声张哥哥顶多只值一百元，如果叫声大姐夫呵，那就值钱了！"

"灵珊！"灵珍吼了一声，红了脸。

"咦！奇怪了，"灵珊说，"明明想嫁他，听到大姐夫三个字还会脸红……"她望着张立嵩说："张公子，你说实话，你希不希望灵武叫你一声大姐夫呢？"

"求之不得！"张立嵩老实不客气地回答。

"哎呀！你……"灵珍的脸更红了。

满屋子的笑声更重了。就在这一屋子的喜悦嬉笑中，门铃忽然响了起来，女佣翠莲赶去开门，回进来报告说："二小姐，有人找你！大概是找你，她说要找一位长头发的小姐！"

灵珍是短发，灵珊却有一头齐腰的长发。

"机会来了，灵武，"灵珍说，"准是那个扫帚星！"

"不是哩！"跟随刘家多年的翠莲也知道姐妹间的戏谑，

"是隔壁的阿香!"

　　灵珊下意识地摸了摸脖子,下午被抓伤的地方仍然在隐隐作痛。她走到了大门口,这种公寓房子从客厅到大门之间还有一个小小的玄关。她打开大门,就一眼看到阿香呆呆地站在门外,有些局促,有些不安。

　　"小姐,"阿香恭敬地说,"我家先生要我来这儿,请你过去坐一坐。""哦!"灵珊怔了怔,望着自己那贴了橡皮膏的手臂,心里已经有了数。准是阿香把下午那一幕精彩表演告诉了楚楚的父亲,那个父亲要向她致谢和道歉了。但是,这种人也古怪,要道歉就该亲自登门,哪里有这样让女佣来"请"过去的道理?想必,这位韦先生"官高职大",一向"召见"人"召"惯了。灵珊犹豫了一下,有心想要推辞,阿香已用略带焦灼和请求的眼光望着她,急急地说了句:"小姐,去一下就好!"

　　"好吧!"灵珊洒脱地说,回头对屋里喊了一句,"妈!我出去一下就回来!"她跟着阿香走了出去,顺手关上房门,房门合拢的那一刹那间,她又听到室内爆发出一阵哄然大笑。显然,张立嵩和灵珍又在闹笑话了,她不自禁地,唇边就浮起了一个微笑,心里仍然被家中那份欢愉填得满满的。

　　到了四A的门口,阿香推门进去,灵珊跟着她走进客厅,室内好沉寂,好安静,一点儿声音都没有。那厚厚的地毯,踩上去也寂然无声。而且,室内的光线很暗,顶灯没有开,只在屋角上,亮着一盏立地的台灯,孤零零地放射着冷幽幽的光线。一时间,灵珊有些无法适应,陡然从自己家里那种明亮热闹与欢愉中来到这份幽暗与寂静里，使她像是置身在另一个世界。她的神思有片刻的恍惚，然后，她听到阿香在说："先生，刘小姐来了。"

她一怔，定睛细看，才发现有个身材高大的男人，正面对落地长窗站着，背对着室内。灵珊站在那儿，只能看到他的背影，宽宽的肩，浓黑的头发，挺直的背脊，长长的腿，穿着一件白衬衫，一条蓝灰色的长裤，那背影是相当"帅"的。

那男人并没有立刻回过头来，他一只手支在窗棂上，另一只手握着一个高脚的酒杯，似乎正对着窗外那些闪烁的霓虹灯沉思。灵珊有些尴尬，有些不满，还有更多的困惑，她不自禁地轻咳了一声。于是，那男人忽然回转过身子来，面对着她。灵珊有一阵惊讶和迷惑，这男人好年轻！宽额，浓眉，一对锐利的眼睛，带着股阴郁的神情，凝视着她。眼睛下的鼻子是挺直的，嘴唇很薄，嘴角边有两道弧线，微微向下倾斜，使这张漂亮的脸孔显出一份冷漠与倨傲。灵珊的睫毛闪了闪，眉头微蹙，她几乎不敢相信，这年轻人会有一个像楚楚那样大的女儿，他看来还不满三十岁！

"刘小姐，"那男人打破了沉寂，走到酒柜边去，"喝酒吗？"

"不。"她慌忙说，"我很中国化。"

他扫了她一眼，扬着声音喊："阿香！泡杯茶来！"

"不用了！"她立即说，"我马上要回去。"

他凝视了她一会儿，眼底，有两小簇阴郁的光芒在闪动。他把手里的杯子放在桌上，在烟盒里取出一支烟，燃着了烟。

他深深地吸了一口，又重重地吐出了烟雾。抬起眼睛，他正视着灵珊："我姓韦，叫鹏飞。"他说。

她点了点头："我姓刘，叫灵珊。"

"我知道。"他淡淡地接了句。

"你知道？"她惊讶的。

"这并不难知道，是不是？大厦管理室有每个住户的名单和资料！"韦鹏飞说，语气仍然是淡淡的、冷冷的，脸上也仍然是倨傲的，毫无表情的。

"哦！"灵珊下意识地应了一声，心想，明天第一件事就到管理室去查查这个冷漠的韦鹏飞是个何许人物！

阿香还是捧了杯热茶出来了，放在桌上，就转身退开了。韦鹏飞对灵珊挥了挥手："坐一坐，不会让你损失什么。"

灵珊被动地坐了下来，心里朦胧地感到一份不安和压迫感。家里那种欢愉和喜悦都已消失无踪，在这屋子里，包围着她的，是一种难言的冷涩和沉寂。她四面看了看，觉得韦鹏飞那锐利的眼光始终停在自己的脸庞上，她竟有些心慌意乱起来。"我没有看到你的小姐。"她说。

"楚楚吗？她已经睡了。"

"哦。"室内又静了下来，韦鹏飞啜了一口酒，喷了一口烟，室内充溢着浓烈的酒香和烟味。灵珊不喜欢这份沉寂，更不喜欢这种气氛，她正想说什么，那韦鹏飞已开了口："听说，你今天下午管教了我的女儿。"

她抬眼看他。"不完全是'管教'，"她坦白地说，"我们对打了一番，我几乎打输了！"

他紧紧地盯着她，眼神严肃而凌厉："刘小姐，听说你是师专毕业的，现在正在教幼稚园的小朋友，你对教育一定很懂了？"

她迎视着他的目光，有些发愣。"我是学了教育，并不见得真懂教育，最起码，我不太懂你的小姐，她蛮横而粗野！"

"谢谢你的评语！"韦鹏飞说，声音更冷更涩了，"以后，希望刘小姐只管自己的学生，不要管到我家里来，行吗？我的女儿有我来管教，我爱打爱骂是我的事，我不希望别人插手！更不允许别人来打她骂她！甚至把她绑起来！"

灵珊悚然而惊，到这时才明白过来，原来这个韦鹏飞找她来，并不是要跟她道谢，而是来问罪的！她愕然地瞪着面前这个男人，然后，一阵压抑不住的怒火就直冲到她的胸腔里，迅速在她血液中扩散。她仰起了下巴，深深地注视着韦鹏飞，一直注视到他的眼睛深处去。半响，才冷冷地点了点头，清晰地，一个字一个字地说："我懂了！真是有其父必有其女！我现在才知道为什么你女儿那么蛮横无理，原来是遗传！"她从沙发里站了起来，眼光依旧停在他的脸上，"不要以为我高兴管闲事，假若我早知道她有你这样一个父亲，我绝不会管她！让她去欺侮别人，让她满口粗话，让她像个野兽般对人又抓又咬又踢又踹……反正有你给她撑腰！我和你打赌，不出十年，你要到感化院去找她！"说完，她掉转身子，大踏步就往门外走。

"站住！"在她身后，韦鹏飞的声音低沉地响着。她停了停，几乎不相信自己的耳朵，"站住？"他以为他是什么？

可以命令她？支配她？想必，他用惯了命令语气，当惯了暴君？她一甩头，就继续往门外走。"我说站住！"他再低吼了一句。

她依然走她的。于是，忽然间，他直蹿了过来，伸手支在墙上，挡住了她的去路。他的眼睛垂了下来，凝视着她，眼里的倨傲和冷涩竟变成了一种难言的苦恼。他低声地、祈求似的说："别走！""为什么？"她挑高了眉毛，"我下午在这儿被你的女儿又抓又咬，现在，还该来挨你的骂吗？我告诉你，你可能是个达官显要，但是，我并不是你的部下！即使我是你的部下，我也不会忍受你的傲慢和粗鲁！让开！"

他继续拦在那儿，眼里的神情又古怪又愁苦。

"我傲慢而粗鲁吗？"他喃喃地问。

"和你的女儿一模一样！"

"她——有多坏？"他微蹙着眉峰，迟疑地问。

"你会不知道吗？"她拉开衣领，给他看脖子上的伤痕，"这是她抓的！"她再扯掉手臂上的橡皮膏，"这是她掐的！她是个小魔鬼，小妖怪！她仗势欺人，无法无天！"她喘了口气，顿了顿，看着韦鹏飞："韦先生，我知道你很有钱，但是，阿香并不是雇来受气的，她也是人，是不是？她和我们一样平等，是不是？我家也有用人，翠莲和我像姐妹一样。我父母待她都是客客气气的！"

韦鹏飞凝视着她："你在教训我吗？"他低哼着问。

"我不教训任何人，我走了！"她从他身边绕开，往门口走去。"如果我把楚楚送到'爱儿'幼稚园去，你收她吗？"他靠在墙上，闷声问。"我又不是校长！你送去总有人会收的！"

"我是问——你，肯教她吗？"

"如果分在我班上，我当然要教！"

"假若——"他碍口地、困难地说，"我请你当家庭教师呢？"

她停在房门口，慢慢地回过头来。

"你不是说，要我别管你的女儿吗？"她冷冰冰地问。

"我改变了主意。"他说。

她沉思片刻，静静地开了口："你家有阿香一个出气筒已经够了，我不缺钱用，也不侍候阔小姐！"

他的眼睛开始冒着阴郁的火焰，愤怒扭曲了他的脸，他哑声地、恼怒地说："天下并不止你一个女教师！我不过是觉得你家住得近而已！"

"多出一点车马费，自然有住得远的女教师会来！"她说，扭开了大门，径自走出了房间。

"砰"然一声，她听到那房门在她身后重重地合拢，那沉重的碰撞之声，几乎震动了墙壁。她回头望望那扇雕花的大门，摇了摇头，自言自语了一句："今天真是倒霉的一天！"

回到自己家门口，她伸手按铃，听着门内的笑语喧哗，她安慰地轻叹一声，仿佛从寒冷的北极地带逃出来，她迫不及待地想回到属于自己的春天里去。

第三章

一连好几天，她没有四Ａ的消息。虽然同住在一层楼上，韦家却安静得出奇。她甚至没有见到韦楚楚和阿香，也没再听到那孩子撒泼耍赖的叫声。在幼稚园里上课的时候，有好几天，她都觉得自己若有所待，她以为，那父亲一定会把楚楚送来，因为"爱儿"幼稚园是安居大厦附近最大的幼稚园，可是，韦楚楚并没有来。然后，在她那忙碌的、年轻的、充满青春梦想的生涯里，她慢慢忘记了蛮横的韦楚楚和她那蛮横的父亲。有好几个黄昏和晚上，她都和邵卓生在一起。邵卓生和她的认识毫无神秘可言，他是她同学的哥哥，在她念师专时，就已对她倾慕不已。她和一般少女一样，对爱情有过高的憧憬，幻想中的爱人像水雾里的影子，是超现实的，是朦胧的，是空中楼阁式的。邵卓生没有任何地方符合她的幻想。他学的是政治，却既无辩才，又无大略，只得在一家公司当人事室的职员。灵珊常常怀疑他这人事室的工作是怎么做的，她不觉得他能处理好人事，最起码，他就处理不好他和自己的关系。他总使她烦腻，使她昏昏欲睡。私下里，灵珍她们叫他"扫帚星"，她却给他取了个外号叫"少根筋"，她总觉得，他就是少了一根筋。虽然，他也漂亮，他也有耐性，好脾气，灵珊怎么拒绝他，他都不生气，不气馁。可是，就少了那么一根筋，那属于罗曼蒂克的，风趣的，幽默的，热情的，吸引女孩子的一根筋。虽然，这邵卓生是"少根筋"，但灵珊在没有其他男友的情况下，也和他若即若离地交往了两三年了。灵珊并不欺骗邵卓生，她从不给他希望。奇怪的是，邵卓生也从不在乎有没有希望，他们就在胶着的状态中，偶尔看一场电影，吃一顿晚饭，如此而已。这天晚上，她和邵卓生看了一场晚场电影，回到安居大厦，已经是晚上十一点半钟了。邵卓生和往常一般，送她到大厦门口就走了，他一向都很怕面对灵珊的家人，尤其是那口齿伶俐的灵珍和很会敲诈的灵武。

灵珊一个人走进大厦，习惯性地，她不坐电梯而走楼梯。这已是秋天了，白天下过一阵雨，晚上的气温就降低了好多。她穿了件短外套，仍然颇有凉意。拾级而上，她心里无忧无虑无烦恼，却也无欢无喜无兴奋。生活太单调了，她模糊地想着，单调得像一池死水，连一点波浪都没有。她跨了一级，再跨一级……忽然间，她站住了。

在楼梯的一角，有个小小的人影，正蜷缩在台阶上，双手抱着扶手下的铁栏杆。她一怔，仔细看去，才发现那竟然是多日无消息的韦楚楚！那孩子孤独地、瑟缩地、瘦小地坐在那儿，弓着小小的膝头，下巴放在膝上，一对大眼睛，一瞬也不瞬地睁着，头发依然零乱地披散在脸上，面颊上有着纵横的泪痕和污渍，这孩子哭过了。有什么事会让这小野蛮人流泪呢？更有什么事会让她深宵不归，坐在这楼梯上呢？灵珊不由自主地蹲下了身子。

"喂！楚楚！"她叫了一声，伸手去抚摸她的肩膀，才发现这孩子只穿着一件单薄的、白色尼龙纱的小睡袍，"你怎么一个人在这儿？"

楚楚抬起头来看着她，嘴唇瘪了瘪，想哭。

"我在等我爸爸！"她细声细气地说，往日那种蛮横粗野完全没有了，现在的她只是个孤独无助的小女孩，毕竟，她只是个小小的孩子！

"你爸爸？"灵珊愣了愣，"你爸爸到哪里去了？"

"去上班。"

"上班？"她看看表，将近十一点半了，"你的意思是，爸爸早上去上班，到现在还没回来？"

"嗯。"

"为什么跑到楼梯上来？不在家里等？"她不解地问，"家里没有人，我怕。"她的嘴角向下垮，眼中有泪光，睫毛闪了闪，她又倔强地把眼泪忍住了。

"家里没有人？阿香呢？"

"走啦！"

"走了？"她更困惑了，"她走到哪里去了？"

"不知道。"楚楚撇了撇嘴。

"为什么会走？"她斜睨着楚楚，心里有些明白。

"不知道。她说不干了，就走啦！她把东西都拿走了！她骂我，她是坏人！"

灵珊更加明白了。点点头，她凝视着楚楚："你对她做了些什么？"

"没有。"

"不可能没有！"灵珊严厉地说，"你又踢她了，是不是？"

她猛烈地摇头。

"抓她了？咬她了？打她了？掐她了？"

她拼命摇头，把头发摇得满脸都是。

"好，你不说，我也不管你！你就坐在这楼梯上等吧！"灵珊站起身来，往楼上走去，"当心老鼠来咬你！老鼠专咬撒谎的坏孩子！"

楚楚从楼梯上直跳了起来，倔强从她的脸上隐去，恐惧和求助明显代替。

"我……"她嗫嗫嚅嚅地说，"我用打火机烧了她的衣服，她就走啦！"

"什么？"灵珊吓了一跳，"你烧了阿香的衣服？"

"我不知道会烧痛她。"

"什么？"她越听越惊奇，"你烧她身上的衣服吗？"

"我烧她的长裤，把她屁股上烧了一个洞。她哭哩，哭完了就骂，骂完了就走哩！"

灵珊定定地望着韦楚楚，简直不敢相信自己听到的。楚楚小小的身子怯怯地倚着楼梯站着。她凝视着这个小女孩，谁说儿童都是天使？谁说孩子都天真无邪？谁说人之初，性本善？她真想一甩头，置之不顾，这样顽劣的孩子，管她做什么？可是，楚楚忽然连打了两个喷嚏，接着，她就用小手悄悄地抓住了灵珊的衣摆，轻轻地拉了拉，低低地，柔声地叫了一句："阿姨！"灵珊的心脏怦然一跳，这声"阿姨"那么甜蜜，那么温柔，像一根细线从她心上抽过去，唤醒了她所有女性温柔的本能。她长叹一声，弯下腰，她抱起那孩子，叹息地说："你应该上床睡觉去！"

她抱着楚楚，走到四 A 门口，大门虚掩着，如果有小偷把这家搬空了，也不会有人知道。她推门进去，那一屋子冷寂的空气又对她包围了过来，她不自觉地打了个寒噤。把楚楚放在沙发上，她望着那空无一人的房间，心里竟有些发毛。真的，这空空落落的房子确实令人有恐惧感。一时间，她不知道该怎么办好，而楚楚却怯怯地说了一句："阿姨，你不要走，你陪我！"

"你爸爸什么时候会回来？"

"不知道，他常常不回来睡觉。"

这不行！她皱了皱眉，忽然决定了，从皮包里取出了圆珠笔，她在茶几上找到一本书，撕下书上的空白扉页，匆匆地写了几行字：

> 韦先生：你的女儿在我家，阿香大概不堪"虐待"，已不告而别。请来我家接楚楚。
>
> ——灵珊

她把纸条放在茶几上，用烟灰缸压着，就反身握住楚楚的手，说："走！先到我家去！"楚楚顺从地站了起来，显然，她也知道自己闯了大祸，对于留在空屋子里更是害怕，她不再像第一次见面时那样撒野耍赖，反而乖巧听话。跟着灵珊回到家里。

用钥匙开了门，客厅里空空的，似乎全家都睡了。灵珊不敢吵醒父母，刘思谦每天早上六点钟就起身，八点要上班，刘太太也跟着要起床。她用手指压在嘴唇上，对楚楚低声警告："嘘！不要出声音！"楚楚懂事地望着她，点了点头，她牵着楚楚，一直走到自己和灵珍合住的房间里。

灵珍还没睡，躺在床上，她正捧着一本《安娜·卡列尼娜》看得津津有味。一眼看到灵珊牵着个小女孩进来，她诧异得书本都掉到地上了。

"这是干吗？"灵珍问。

"我在楼梯上'捡'到了她。"灵珊说，"没法子，我们得收留她一夜！""你从小就喜欢收留无家可归的小动物，猫哩，狗哩，小鸟哩……都往家里抱，可是，这次，你收留的东西实在奇怪。"灵珍说。一面笑嘻嘻地伸手去摸楚楚的头发，楚楚立即一副备战态度，脖子一梗，就把头转了过去。

"你最好别碰她，"灵珊警告地说，"她会咬人。"

"什么？"灵珍瞪大了眼睛，"咬人？"

"她是一只刺猬，浑身都有刺。"

"你把这刺猬带回家来干吗？"

灵珊扬了扬眉毛，做了一个无可奈何的表情，就把楚楚带往浴室，给她洗干净了手脸，楚楚又连打了两个喷嚏，再连打了两个哈欠，她显然是又冷又累又倦又怕，现在，一来到这个安全而温暖的所在，就再也支持不住了。灵珊看她不住用手揉眼，哈欠连连，就也不多问她什么。从浴室出来，灵珊给她梳了梳头发，整理好睡袍，梳洗干净了的韦楚楚倒真像她的名字：是楚楚可怜的。灵珍好奇地看着这一切，问："你让她睡在哪儿？""和我睡一张床。"灵珊让那孩子上了床，用棉被好好地盖住她。楚楚的头一接触到那软绵绵的枕头，睡意立即爬上了她的眼皮，她蒙蒙眬眬地望着灵珊，忽然对灵珊甜甜地一笑，就闭上眼睛几乎是立即酣然入梦了。灵珊呆呆地注视着这张白皙而美丽的小脸，被她那一笑震慑住了。这是她第一次看到楚楚笑，从不知道这孩子的笑容竟如此具有魔力。

"喂，灵珊，我看你对这孩子中了邪了！"灵珍说，"你到底在搞什么鬼？这是哪家的孩子？"

"四A的。"灵珊喃喃地说。

"四A？这是人名还是绰号？"灵珍更迷糊了。

灵珊回过神来，走到梳妆台前面，她一面梳头卸妆，一面把和韦楚楚相识的全部经过告诉了灵珍，灵珍听完，看了床上那熟睡的孩子一眼，她说："我有预感，你在惹麻烦。"

"不是我惹麻烦，是麻烦惹我。"灵珊说，走到浴室去放洗澡水，"假若是你，也会惹这麻烦的！"

"我不会！"灵珍说，"这种顽童，就该把她关在空屋子里一夜，让她受点教训，她以后才会重视陪伴她的人，才不会欺侮女佣!"灵珊怔了怔,想想,这话倒也有理,只是,这样来对付一个孩子,未免太残忍了一些。洗完澡,换上睡衣,她走到自己的床边,看着楚楚,她不禁有些失笑,怎样也没料到,她要和这孩子同睡,床不大,今晚别想睡得舒服了。怕惊醒孩子,她小心地躺上了床,紧挨着床边睡下,伸手关了灯。有好长一段时间,她没有睡着,只因为身边多了个孩子,她又不敢翻身,又不敢碰到她。好不容易,她终于蒙眬入睡了,大概刚刚才进入迷糊状况,她就被一阵门铃声惊醒,从床上跳了起来,她以为自己在做梦,可是,门铃又响了,同时,灵珍含糊地问:"是门铃吗?"灵珊开亮了灯,看看手表,凌晨两点!这是什么冒失鬼?灵珍也醒了,打个哈欠,她说:"告诉你在惹麻烦吧!"

一句话提醒了灵珊,是韦鹏飞来接孩子了,在凌晨两点钟!她慌忙跳下床,怕惊醒了父母,她披上一件晨褛,直奔到客厅里去。但,刘太太已经醒了,从卧室伸出头来,她惊愕地问:"什么事?谁来了?""妈,你去睡觉!没事!"

灵珊冲到大门边,打开大门,果然,韦鹏飞正挺立在门外,一阵酒气扑鼻而来,他的脸色在灯光下显得苍白,眼睛里布满了红丝,他几乎是半醉的!但是,他的神情严肃而口齿清楚:"刘小姐,我女儿又做了什么坏事?"

"她放火烧走了阿香。"

"放火?"韦鹏飞眉头紧锁。

"是用打火机去烧阿香,把阿香烧跑了。"灵珊简短地说,"你等着,我把她抱过来,她已经睡着了。"

她折回到卧室去，刘太太已披衣出房，大惑不解地看着女儿，愕然地说："你在忙些什么？""没什么。邻居来接他的孩子。我当了三小时的 baby sitter！"跑进卧室，她从床上抱起熟睡的楚楚，那孩子模糊地呓语了一两句，居然没有醒，头侧在灵珊的肩上，照样沉睡着。刘太太眼看女儿抱出一个孩子，惊讶得张大了嘴，话都不会说了。灵珊把楚楚抱到门口，交给韦鹏飞说："抱回去吧！"

韦鹏飞接过了孩子，并不抱她，他重重地把孩子往地上一顿，楚楚在这突然的震动中惊醒了过来，茫然地睁大了眼睛赤着脚，摇摇晃晃地站在冰冷的大理石地面上。韦鹏飞不等她站稳，扬起手来，就狠狠地给了她一耳光，苍白着脸说："跟我回去！让我好好地抽你一顿！"

楚楚被这突来的耳光打得踉跄着差点摔倒，韦鹏飞一伸手就拎住了她背上的衣服，像老鹰抓小鸡般把她抓住，倒拖着往自己的房门口去。灵珊大惊失色，她慌忙追了出来，嚷着说："你怎么可以这样打她？你没看到她正睡得好香好沉吗？你……"

"刘小姐，"韦鹏飞铁青着脸，回头对灵珊说，"是你告诉我的，如果我再不管她，十年后，我会到感化院里去找她！与其十年后去感化院找她，不如今天先把她打死！"

楚楚在这一耳光之后，又被这么一拖一拉，她是真的醒了，恐惧、疼痛、惊吓……同时对她当头罩下，她"哇"的一声就哭了起来，韦鹏飞怒吼一句："闭嘴！你放火烧人，还敢哭，我今天非打死你不可！"

同时，他打开了房门，把楚楚直摔了进去。灵珊看他的神气不对，横眉竖目，声音都气得发抖。心里就怦然乱跳，顾不得避嫌，她直追出去，紧张地喊："韦先生！你听我说！你不可以这样乱来！韦先生，她只是个小孩子……"

忽然间，她身子被抓住了，她回头一看，刘太太正一把抓住她，蹙着眉头说："你疯了？灵珊？穿着睡衣往别人家跑？"

她犹豫了一下，楚楚的一声尖叫使她心惊胆战，她仓促地对母亲说："妈，我的睡衣很保守，没关系，我要去救那个孩子！她爸爸要打死她！"挣脱了母亲，她奔到四A的门口，房门已经关上了，她听到门里一声尖锐的大叫，紧跟着是皮鞭抽下去的声音，她心惊肉跳而额汗淋漓，发疯般地按着门铃，在门外大叫大嚷着："开门！韦先生！开门！你听我说！你不能这样打她！你会打伤她！开门！韦先生！"

门里，皮鞭的声音一鞭一鞭地传来，夹带着楚楚的尖叫和号哭。她用力敲击着门铃，死命地按着门铃。终于，门开了，韦鹏飞气喘吁吁地站在门口，手里提着一根皮带，眼睛发直，声音沙哑："你要干什么？"她直冲进去，冲向倒卧在地毯上的韦楚楚。

第四章

灵珊奔到了楚楚身边。

韦楚楚倒在地毯上，身子蜷缩得像一只小小的虾米，两只腿都弯在胸前，瘦瘦的胳膊死命地抱着膝盖。脸上泪水纵横，眼睛恐惧而惊惶地大睁着，头发沾着泪水，湿漉漉地贴在面颊上。灵珊在她身边跪了下去，小心地掀开她的睡袍，那孩子立即浑身掠过一阵痉挛，她喉咙里不住地干噎，却惊吓得不敢、也无法哭出声来。灵珊望着她那裸露的大腿，禁不住抽了一口冷气，在那稚嫩、白皙的皮肤上，一条条鞭痕清晰地凸了起来，又红又肿又带着血痕。灵珊回头望着韦鹏飞，怒火在她整个胸膛里燃烧："你残酷得像只野兽，韦先生。她是你亲生的女儿，你怎么下得了手?"

韦鹏飞关上了大门，身子靠在门上，他眼睛疲倦而神情萧索，脸色苍白得像蜡，他的眼光不由自主地对楚楚投了过来，低声地，自言自语地说了句："养不教，父之过。"

说完，他的眼眶陡然湿了，闭了闭眼睛他颓然地转开了头，不再去看楚楚。灵珊心中一紧，有股怆恻的情绪立即抓住了她，她竟不忍再去责备那个父亲。低下头，她再细心地检查楚楚。于是，她发现她手臂上、腿上、身上，甚至脸上……到处都伤痕累累，到处都破了皮，还夹带着瘀伤和撞伤，那父亲下手竟毫不留情！灵珊把楚楚的头扳转过来，让她面对着自己，楚楚不住地颤抖，不住地痉挛，不住地抽噎……就是哭不出声音来。她显然是吓坏了，吓得失魂了，她这种惊惧的神态比她身体上的创伤更让灵珊担心，她低喊了一声："楚楚！"

　　那孩子怔怔地望着她，大眼睛一瞬也不瞬。

　　灵珊想站起身来，找一点药膏来给她搽，谁知，她的身子才一动，那孩子就忽然伸出小手，牢牢地扯住了她的衣裙啜泣着叫："阿姨，不要走！""哦！"还能说话，证明没被吓晕。灵珊吐出一口气来，慌忙把楚楚一把抱住，从地上抱了起来，她轻拍着孩子的背脊，安慰地说："放心，我不走！我陪你！"回过头去，她瞪视着韦鹏飞，问，"她的卧室是哪一间？"

　　韦鹏飞走过去，打开了走廊的第二扇门，里面是一间布置得很周到的育儿室，粉红色的小床，粉红色的地毯，粉红色的窗帘，粉红色的玩具架，架上堆满了洋娃娃、小狗熊和各种毛茸茸的小动物。灵珊环顾四周，不禁发出一声轻叹，那父亲不能说没为这孩子尽过心呵！

　　把楚楚放在床上，她回头对韦鹏飞说："家里有药膏吗？"

　　"应该有。"

"在哪儿？"

"浴室里吧！"韦鹏飞要去找。

"算了，我去找吧！"灵珊走进浴室，打开柜子，她立即发现各种医药用具都有，药棉、酒精、红药水、三马软膏、消炎片、双氧水……她拿了药棉和双氧水，再取了一管消炎药膏。走到楚楚房里，她就一眼看到韦鹏飞坐在楚楚的床沿上，无言地抚摩着那孩子的面颊，而楚楚却用力地挣脱了他的手，倔强地把脸对着墙壁。韦鹏飞的脸色更白了，怒火又燃烧在他的眼睛里，灵珊很快地走了过去："你出去吧！让我来照顾她！"

韦鹏飞深深地看了灵珊一眼，就默默地站起身来，走出去了。走到客厅里，他本能地从酒柜里取出一瓶酒，倒了一杯，握着酒杯，走往那落地长窗，习惯性地站在窗前，凝视着窗外那忽明忽灭的灯光和街道上那偶尔驰过的街车。啜了一口酒，他倚着窗棂，把自己那疼痛欲裂的额头，抵在那冰冷的玻璃上。他不知道自己这样站了多久，耳边，隐隐约约听到，从楚楚房里传来灵珊那呢哝低语声，软软的、柔柔的、细致的、温存的。他下意识地倾听着，那女性的软语呢喃唤醒了他灵魂深处的某种痛楚，他蹙紧眉头，感到心脏在被一点一点地撕裂……一仰头，他喝干了杯里的酒。

再注满了杯子，他重新倚窗而立。抬起头来，无意间，他看到天空中悬着一弯下弦月，如钩，如弓，如虹。那月光清清的，冷冷的，幽幽的，高踞在那黑暗的穹苍里，似乎在静静地凝视着整个大地。他的心神有一阵恍惚，然后，他听到灵珊在轻柔地说："……所以，你要别人爱你，先要去爱别人！不可以恨你爸爸，他打你，比打他自己还疼。将来……你长大了，你就会懂得的！"韦鹏飞骤然闭上眼睛，觉得一股热浪猛地冲进了眼眶里，心中掠过了一阵痉挛，抽搐得浑身痛楚。咬紧牙关，他度过了这阵痉挛，举起酒杯，又啜了一大口。接着，他听到灵珊在唱歌，在低低地、婉转地、细腻地唱着一支歌，他不自禁地侧耳倾听，仔细去捕捉她的音浪。于是，他发现，她在一遍又一遍地重复着同一支歌曲，像是儿歌，又不是儿歌，像是催眠曲，又不是催眠曲，那歌词优美而奇异：

> 月朦胧，鸟朦胧，点点萤火照夜空。
> 山朦胧，树朦胧，唧唧秋虫在呢哝。
> 花朦胧，叶朦胧，晚风轻轻叩帘栊。
> 灯朦胧，人朦胧，今宵但愿同入梦！

他倾听着，那歌声越唱越轻，越唱越柔，越唱越细……他的神志也跟着歌声恍惚起来，催眠曲？不知道这是不是催眠曲，但，他确实觉得被催眠了，被迷惑了。他斜倚在窗棂上，不动，也没有思想。歌声停了。他依然伫立，那催眠的力量并没有消失，他心中恍恍惚惚地重复着那歌词中最后几句："花朦胧，叶朦胧，晚风轻轻叩帘栊。灯朦胧，人朦胧，今宵但愿同入梦！"一时间，愁肠百转，而不知身之所在！

忽然间，有个人影亭亭玉立地站在他面前，同时，手中的酒杯被人取走了。他一惊，回过神来，才发现灵珊正拿开他的酒杯，用颇不赞同的眼神静静地望着他。

"她睡着了。"灵珊说。"哦！"他凝视着她。"你喝了太多的酒，"她把杯子送到桌上去，"只有弱者才借酒浇愁。"他一震："你怎么知道我是借酒浇愁？"他微有薄怒，"我根本无愁可浇！""是吗？"她慢慢地走回到窗边来，望着他的眼睛，轻缓地摇了摇头，"不用欺骗你自己，你是我见过的人里面，最忧郁的一个！"他再一震，眼光就锐利地投注在她身上，她穿着件纯白的绒质睡袍，长发垂肩，面颊白皙，眉毛浓而挺，眼珠深而黑，那下巴的弧度是美好的，而那面部的表情，却在柔和中混合了执拗。是的，执拗，这是个执拗的、坦率的、倔强的、任性的女孩。在他第一次见她的时候，就曾经领教过她的刚强和坚毅。但，这样一个刚强的女孩，怎会唱出那么温柔甜蜜的歌曲？怎会对一个陌生的小孩子，付出那么深挚的热情？是了，在这刚强的外表下，必然藏着一颗善良而热情的心，不只善良和热情，那颗心还是敏锐细密而易感的！

"不必盯着我看，"她直率地说，眼光掉向了窗外的星空，"我知道我服装不整。""不是的，"他仓促地说，"我在看——你具有多少种不同的性格和优点！"她的脸微微一红："你的恭维话和骂人话同样高明！"

"你也是！"他们对视了一眼，她笑了笑，又看着窗外。

"我们办个交涉，"她说，笑容收敛了，显得严肃而庄重，"你设法把阿香找回来，于情于理，你都欠了阿香的。然后，把楚楚送到我的学校里来，这孩子需要朋友，需要教育，需要和她同年龄的孩子在一起!"

"好的!"他叹口气,完全屈服在她的"理性"之下,"我听你的安排!"她再看了他一眼:"只要你有需要,都可以把她送到我家里来,我不当她的家庭老师,却乐于帮你照顾她。即使我不在家,你一样可以送她来,我母亲和我姐姐都会照顾她的!"

"我怎么谢你?"他问。

"我不是要你谢我而做这些的,我只是同情一个没有母亲的孩子……"她忽然正视着他,单刀直入地问,"她母亲去世多久了?"他惊跳,刚刚恢复血色的嘴唇又倏然间变得惨白了。温和与宁静迅速从他脸上消失,他的眼神立即阴鸷而凶猛起来,狠狠地盯着她,他用嘶哑的声音,恼怒地、激动地低吼:"谁告诉你她母亲去世了?"

"哦?"灵珊惊愕地睁大眼睛,"她母亲没有去世吗?那么,对不起。""谁说的?"他愤怒地问。"是楚楚自己说的。"他顿时泄了气,把身子靠在玻璃窗上,显得疲倦、苍凉而颓丧。"如果她母亲活着,"她小心翼翼地说,"那么,她在什么地方?"他猛地抬起头来,直视着她,呼吸沉重地鼓动了他的胸腔,他咬咬牙,咬得牙齿发出了响声,他凶恶而阴沉地低吼:"我说过她还活着吗?"

灵珊惊讶得说不出话来,迎视着他的目光,她摇摇头,这是什么意思?她气得挺直了背脊。"你——莫名其妙!"她骂了一句,把长发往脑后一甩,转身欲去,"算我倒霉,撞着了鬼!我再也不管你家的闲事!"

"等一下！"他伸手拦住了她。

"你是怎么回事？"她忍无可忍地喊，"你暴躁易怒，乱发脾气，不知好歹，恩将仇报，喜怒无常，稀奇古怪，莫名其妙……"

他眼里闪着光："我不知道，你居然能一口气用这么多的成语！"他愕然地说，"你还有些什么成语，全说出来吧！"

"我不说了，我不和你这种怪物说话！"

"好。"他点点头，让开身子，面对着玻璃。他用手扶着窗子，眼光怔怔地凝视着窗外那些闪烁的灯光，忽然下决心似的，低沉地说："在你走以前，我愿意把我的事告诉你！"

"我不想听！"

"你要听。"他固执地说，头也不回，他的声音像来自深谷的回音，森冷、绵邈而幽邃，"我认识楚楚的母亲，是念大一那一年，她不过是个十五岁的孩子。很奇怪，你会发狂般地去爱一个孩子，再费力地去等她长大。我大学毕业，她十八岁，我们就毅然决然结了婚，二十二岁的我，当丈夫似乎太年轻，而她，更是个好年轻好年轻的小妻子。但是，我已经等了她那么久，我实在等不及受完军训。婚后三个月，我去受军训，一年后，楚楚出世，我做了父亲，我的太太，从十八岁的小妻子变成十九岁的小母亲。军训受完，我立即拿到了美国麻省理工学院的奖学金，我们这一代，留学似乎成了必经的一条路，如果我眷恋妻儿而不肯出国深造，就会变成一个大逆不道的叛徒。我的父母家人，都把所有的希望放在我身上，众望所归，我出了国，三年后，拿到了硕士学位，回家后，才发现我只剩下了女儿，失去了妻子。"

他燃起了一支烟，深吸了一口，目光始终停留在窗外，烟雾扑向那玻璃窗，把窗子蒙上了一层白雾。

"家里想尽了各种方法隐瞒我，当我收不到她的信起疑时，他们才告诉我她在生病……"他的声音咽住了，深吸着烟，有好一会儿，只是站在那儿吞云吐雾半晌，他才低语了一句，"算一算，自从婚后，聚少离多，我刚学成可以弥补这些年来的亏欠时，她却已经去了，毫不犹豫地去了。"他再吸了一口烟，声音化作了一声长长的叹息。

灵珊站在那儿，呆望着他的背影，他的故事很简单，没有丝毫传奇性，但是，她却觉得自己被感动了，被他语气里那种眷恋的深情和无可奈何的凄怆感动了。她想说什么，喉咙里哑哑涩涩的，竟吐不出任何声音。好一会儿，他骤然回过头来，眼圈红红的，烟雾罩着他，他整张脸都半隐藏在烟雾里。"好了！"他简捷地说，"你可以走了。"

她瞪着他："你的父母呢？"她问。

"他们在南部，我父亲在高雄炼油厂工作。"

"为什么不把楚楚拜托你的父母照顾？"

他阴鸷地凝视她："我已经失去了妻子，难道还不能和女儿在一起吗？我是父亲，我不把她交给任何人！"

他走到桌边，熄灭了烟蒂，再伸手去拿桌上的酒杯。

她迅速把手压在那杯子上，他抬眼看她，他们两人对视着。"楚楚需要一个清醒的父亲。"她低语。

他放开了酒杯，望着她。然后，他坐进了沙发里，疲倦地伸长了腿，把头仰靠在沙发的靠背上。室内有一段时间的沉寂，曙色不知不觉地染白了窗子，她忽然惊醒过来，自己在干什么？竟在这陌生人家中待了一夜？她对他看去，想向他道别，却发现他已经睡着了。深秋的早晨，夜凉似水。她迟疑了一会儿，就悄悄走向走廊，推开走廊里的第一扇门，果然，那是间卧室，床上，整齐地折叠着毛毯，她走进去，从床上取了一条毛毯，忽然间，她怔住了。

在床头的小几上，放着一个镜框，里面是一张放大的照片。出于本能，她伸手拿起那镜框，镜框里，一个好年轻好年轻的少女，正站在一块岩石上，迎风而立，长发飘飞，那少女在笑，笑得好甜好美好妩媚。灵珊仔细凝视这少女：明眸皓齿，巧笑嫣然，风姿万种而媚态横生。她从不知道楚楚竟有如此美丽的母亲，怪不得韦鹏飞对她这么一往情痴而念念难忘。为什么有情人不能长相聚首？为什么这样年轻可爱的少女竟天不假年？她仰首望望天，一时间，竟恨起命运的不公平和上帝的无情了。

把照片放回原处，她才发现那照片下面，题着两行小字，由于字迹和照片的颜色相混，不仔细看，几乎看不出来，那两行字写的是：

其奈风流端整外，更别有，系人心处，
一日不思量，也攒眉千度！

好个"一日不思量，也攒眉千度！"这显然是韦鹏飞后来题上去的，怎样一份斩不断、理还乱的深情呵！她轻轻叹口气，抱住毛毯，折回到客厅里来。

悄悄移到沙发边，她打开毛毯，轻轻地盖在韦鹏飞身上。韦鹏飞的头侧了侧，发出一声模模糊糊的呓语，继续沉睡，她站在那儿，静静地凝视了他一会儿，他睡得并不安稳，那眉头是紧蹙着的。难道连睡梦里，他仍然"攒眉千度"吗？她再叹了口气，关上了灯，转身走出了韦家的大门。

天已经完全亮了，她甩甩头，竟不觉得疲倦。家里的大门关着，她想，回去准要挨父母好好的一顿训话了！但，即使挨顿骂，似乎也是值得的，在这一夜里，她仿佛长大了不少，最起码，她了解了两句话：

人生自是有情痴，此恨不关风与月！

第五章

接下来的一个星期，灵珊因为有位同事请婚假，她又兼了两个班上午的课，所以，生活就比平常忙碌了许多。好在，无论怎样忙，不过是教一些小孩唱歌、做游戏、画图、折纸飞机⋯⋯工作本身仍然是很轻松的。然后，那个星期一的早晨，韦鹏飞牵着韦楚楚的小手，来到了"爱儿"幼稚园里。这是灵珊第一次在早晨看到韦鹏飞，他穿着件白衬衫，咖啡色的毛背心和一条咖啡色的长裤，胳膊上还搭着件咖啡色的麂皮外衣。他浴在那金色的阳光里，大踏步而来，看起来精神饱满而神采奕奕。灵珊用一种崭新的感觉迎接着他，不自觉地带着惊奇的神情。他没有酒味，没有暴躁易怒的坏脾气，就好像脱胎换骨，变成了另一个人。而楚楚呢？干干净净地穿着件小红毛线衣，红呢裙子，头上还戴着顶红呢帽，她扬着那长长的睫毛，闪亮着那对灵活的眼珠，俏生生地站在那儿，像童话故事中所画的"小红帽"。

"我已经把阿香找回来了，"韦鹏飞站在校园的阳光下，微笑地望着她，那笑容中带着抹屈服和顺从，还有份讨好的意味，"再把楚楚送到你这儿来，你看，我完全听了你的话。"

"你应该听的，是不是？"灵珊微笑着问，扬着睫毛，阳光在她的眼中闪亮，"我打包票，我们会把你的女儿照顾得很好。"

"别说'我们'，"他率直地说，眼光紧紧地盯着她，"我只信任你，因为你在这儿，我才送她来！"

"你应该信任教育……"

"不要和我谈教育！"他又开始"原形毕露"了，鲁莽地打断了她，他很快地说，"不要和我谈这么大的题目，我只是个小人物，最怕大问题！"

她稀奇地望着他："你这人真矛盾！你自己受了高等教育……"

"也是高等教育下的牺牲者！"他冷冷地接话。

"我听说你是一家大工厂的工务处处长，负责整个工厂的生产工作。"

"是的，怎样呢？"

"如果你不学，怎能当工务处处长？"

"不当工务处处长，又有什么不好？"他盯着她问，"了不起是穷一点，经济生活过得差一点，我告诉你，在这世界上，没当工务处处长，而生活得比我快乐充实的人，比比皆是！"

"你把你的不快乐，归之于受教育吗？"灵珊啼笑皆非地望着他，"你知道人类的问题在哪里？人类是最容易推卸责任和不满现状的动物！"

"哈！"韦鹏飞轻笑了一声，眼睛映着阳光亮晶晶地注视着她，"假若不是因为我认识你，我会把你看成一个唱高调的人！教育问题，人类问题……你想做什么？先天下之忧而忧吗？"

"你错了。"她坦率地迎视着他的目光，"我从没有什么先天下之忧而忧，我只是面对自己的问题，我不找借口，我不怪命运，我也不逃避……"

"你在拐着弯儿骂人吗？"

"不。"她诚恳地低语，"我只希望——希望你能先天下之乐而乐！这世界上固然有比你幸福的人，但也有比你更不幸的人……你又要说我在唱高调了，你……"她抬眼看他，眼里是一片温柔、宁静与真挚："忘记那些不快吧，好吗？你拥有的东西，比你失去的多，你知道吗？"

他震动了，在她那诚挚的目光下震动了，在她那软语叮咛下震动了。他正想说什么，她已牵过楚楚的手，微笑着说："你给她办好入学手续了吗？"

"是的。"

"那么，我要带她去上课了。楚楚，和爸爸说再见！"她回头看他，对他挥挥手。上课铃响了，楚楚也回头对他挥手。他怔怔地站在那儿，目送她们手拉着手儿走进教室，直到她们两人的影子都看不见了，他仍然伫立在那儿。伫立在那秋天的，暖洋洋的阳光下。好一会儿，他才转过身子，下意识地抬头看看天空，天蓝得刺眼，白云在太阳光的照射下发亮，他忽然觉得满心欢愉，满心填满了阳光，填满了某种说不出来的快乐。他大踏步地向校外走去，身边，有股甜甜的幽香绕鼻而来，他看过去，才发现那儿种着一棵桂花，这正是桂子飘香的季节，那桂花特有的清香弥漫在空气中，熏人欲醉。他走过去，伸手摘下一把桂花，耳畔，教室里开始传出孩子们喜悦的歌声：

白浪滔滔我不怕，撑起舵儿往前划，撒网下水到渔家啊，捕条大鱼笑哈哈，嗨哟咦哟咦哟哼嗨哟，嗨哟咦哟咦哟哼嗨哟……

他以一种崭新的、感动的情绪，聆听着那些孩子们的歌声。这才发现好久好久以来，他的生活里竟然没有歌声，没有阳光甚至没有花香了。握着那把桂花，他走出校园，跨上了自己的车，他向工厂开去，一路上，那桂花的香味始终绕鼻而来。车子驶上了高速公路，工厂在中坜，他每天必须开一小时的车去上班，再开一小时车下班，往常，总觉得这条路好长好长，今天，他却感到悠闲而自在。自在些什么，也不能完全了解。灵珊这一天的生活，过得和往常没有什么两样。韦楚楚第一天上课，居然乖得出奇。没有打架，没有生事，没有咬人……她只是用新奇的眼光望着所有的一切。她有些孤僻，不肯接近同学，下了课，就像个小影子似的挨着灵珊。她不会写名字，不会答智力测验，不会唱任何儿歌，也不会折叠小玩意儿，因而，显得相当笨拙。灵珊知道，这

42

不是一朝一夕的事。只要这孩子听话，总会慢慢学会的，她倒并不着急。

楚楚念的是上午班，中午，她就被阿香接回去了。黄昏时，灵珊下了课，邵卓生已经等在校门口。

"灵珊，一起去吃晚饭吧，天凉了，我请你吃毛肚火锅！"

"我有好多好多事……"灵珊想拒绝。

"你怎么永远有好多好多事？"邵卓生说，一副若有所思的样子，"那些事会妨碍你吃饭吗？"

"是的，会妨碍。"她一本正经地说。

"那么，"邵卓生好脾气地，极有耐性，也极有风度地说："我不耽误你，明天呢？"

"明天也有事！"

"后天呢？"

"后天也有事。"

"那……那么，"邵卓生结结巴巴起来，"你……你到底哪……哪一天没事？"看他忠厚得有趣，灵珊忍不住笑了起来，一面笑，一面就洒脱地扬了扬头，慨然说："好吧！我们去吃毛肚火锅！反正……是纯吃饭！"

纯吃饭这三个字，是从"纯吃茶"引申而来的，是灵珊姐妹间的术语，纯吃茶不一定是"纯吃茶"，纯吃饭代表却是单纯的吃饭，表示毫无其他"意义"。可是，邵卓生本来就是"少根筋"，只要灵珊肯跟他吃饭，他才不管她有意义没意义，就已经乐得手之舞之，足之蹈之了。

灵珊跟邵卓生去吃了晚饭，两人又在街头散了散步，逛了逛书店，买了好几本小说，回家时，又已经快十点钟了。邵卓生和往常一样，把灵珊送到大厦门口，忽然间，这"少根筋"却福至心灵地说了句："灵珊，我们就一辈子这样耗下去了吗？"

"什么意思？"灵珊装糊涂，面有不豫之色。

"没有意思，"邵卓生慌忙说，"我只是告诉你，我很有耐性，我会耗下去的，无论耗多少年！"

邵卓生走了，灵珊却站在大门口发了半天怔。看样子，"纯吃饭"也不能再接受了，这个呆子已经认了真，如果再交往下去，恐怕就甩不掉他了。与其将来伤害他，不如趁早快刀斩乱麻。她想着，慢吞吞地往大厦中走。

忽然，有一缕香烟的气息绕鼻而来，一个高大的人影就遮在她面前了，她一惊，抬起头来，韦鹏飞正吸着烟，静静地注视着她。"哦，是你！"她说，"你在干什么？"

"散散步，看看月亮！"他说。

"很有闲情逸致嘛！"她笑笑，要往楼梯上跑。

他拦住了她，眼光停留在她的脸上。

"在外双溪，"他说，"有一家餐厅开在小溪边上，可以赏月谈天，专吃烤肉，营业到每天凌晨，你愿不愿意跟我一起去坐坐？""哈！"她笑了，"我刚刚跟人吃完毛肚火锅，你又请我吃烤肉，我成了饭桶了。"他的眼睛立即阴暗了下去。

"对不起，"他哑声说，"我在找钉子碰！"

她站在楼梯口，望了他两秒钟。

"你有车子？"她明知故问。

"是的。"

"或者，我们可以去游车河。"她轻语。

他的眼睛闪亮。"走吧！"他说，早上那种崭新的感觉又来到他胸怀里，这是夜晚，没有阳光他却依旧感到光华耀眼而满心欢愉。他们走到停车场，上了车，他直驶出去。她忽然有点奇怪，看着他，她说："你每天晚上都在花园里散步看月亮吗？"

"不，只有今晚。"他坦白地说。

"为什么？"

他咬住嘴唇，默然片刻，车子往三重的方向开去，过了中兴大桥，直上高速公路。他熄灭了烟蒂，回眸看她，他眼里闪着两小簇奇异的火焰。

"我今晚去你家拜访过你。"

"哦？"她惊讶地睁大眼睛。

"你弟弟告诉我说，你和一个名字叫扫帚星的男孩子出去玩了。你父母跟我聊了一会儿，你的姐姐很文雅，你家——实在是个好温暖好幸福的家庭。我从你家出来，不知怎么，无法回到自己的家里去。于是，我就到花园里来散步了。我想，我或者可以看到那个扫帚星。"

她紧盯着他："你看到了吗？"

"是的。"

"有何感想？"

"配不上你！"

"为什么？"

他不语。他的手稳定地扶着方向盘，眼睛直视着前方，他的脸色有些紧张，有些苍白，呼吸沉重而急促。他似乎在想着什么，似乎陷入某种思绪里，他的眼神深邃黝黑而深不可测。灵珊掉转头来，望着车窗外向后飞驰的道路和高速公路边那些黑暗的荒野。逐渐地，一种心慌意乱的感觉就对她袭了过来，她有些慌乱地说："你要带我去哪里？"

"去旭伦。"

"旭伦？那是什么地方？"

"旭伦锻造及精密铸造厂。"

"我不懂。"她皱起眉头。

"是我工作的地方。"

"你那个工厂吗？"

"是的。"

"为什么要带我去你的工厂？"

"我也不知道。今晚在加班，我想带你去看看，或者——能够帮助你了解我。"她不知所以地心跳起来。

"我——并不想了解你。"她的声音软弱而无力。

车子"吱"的一声尖响，陡然急刹车，停在路边上，她吓了好大一跳，身子一震，差点撞到前面的安全板上去。她抽了口气，瞪视着他，路灯下，他的脸色苍白，眼睛里又跳跃着她第一次见他时，就曾闪烁在他眼中的那种阴郁的光芒。

"你干什么？"她问。

"找一个地方掉头。"

"怎么了？"她咬咬牙，"你不是说要去你的工厂吗？"

"不去了。"他摇摇头，"我发现我又无聊又愚蠢，我是个——傻瓜！"

她回转头，深深地注视他。"你不是傻瓜，"她的声音像秋虫的轻唱，像夜风的低吟，"你太敏感，太容易受伤，你有一副最坚强的外表，最脆弱的感情。你的外表像个蛋壳，一敲就破，内心却是最软弱最软弱的。"

他狠狠地瞪着她。"别妄下断语！也别自以为聪明！"他低吼。

"我不下断语！我也不认为自己聪明，"她幽幽地说，"请你不要对我吼叫，自从我们认识，你总是对我吼叫，我发现我居然有些怕你！"她的睫毛垂了下去，再抬起来的时候，她眼里闪烁着泪光，她的声音微微有些哽咽，"我从来没有遇到过像你这样的人，你好凶恶，好霸道，好阴沉，好容易生气，我不知道我为什么要迁就你，可是，我……我……我一直在迁就你！而你还不领情！我……"她低下了头，轻得像耳语般说："对不起，我……我很失态……"她吸了吸鼻子，"请送我回家去。我不知道自己在说些什么。"

他用手托起了她的下巴，路灯下，她的脸嫣红如醉，眼睛里泪光莹然，那密密的两排长睫毛，被动地向上扬着，两滴闪亮的泪珠，缀在那睫毛上，闪烁如天际的星辰，她的眼光柔柔的，眼波如月如水如清潭。她的嘴唇是红润的，美好的，在那儿微微地翕动着，像要诉说什么，又不敢诉说什么。他凝视她，一瞬也不瞬地凝视她，然后，他的头俯了下来，嘴唇轻轻触到她那冰凉柔软的唇上。忽然间，后面一阵车灯的照射，一阵喇叭的狂鸣，然后，"呼"的一声，一辆卡车飞快地掠过了他们。这突来的灯光像闪电般闪过，灵珊悚然一惊，慌忙坐正身子，像从迷梦中突然醒来一般，她惊慌失措地说："你不能在高速公路上任意停车！掉回头吧，我要回去了。"他伸手去握她的手，她轻轻地抽开了。

"回去吧！"她再说。他注视她，机会已经失去，她忽然像个不可侵犯的圣女，眼光望着窗外，她正襟危坐而目不斜视。他想说什么，想解释什么。但是，他眼前掠过许许多多缤纷的影子，这些缤纷的影子如同电影中变形的特写镜头，交叠着对他扑了过来。这些影子中有楚楚，有楚楚的母亲……她们扑向他，扑向他……像一把把利刃，忽然从他心上一刀又一刀地划过去，他痛楚地咬紧牙关，额上几乎冒出了冷汗。

他不再说话，甚至不再转头去看她，发动了车子，掉转了头，向台北开去。

一路上，他们两个变得非常沉默，都心神不定而若有所思。他不知道她在想什么，也不知道她对他的感觉，他不敢问也不想问。只是一个劲儿地闷着头开车。夜风从窗口吹入，吹凉了他的头脑，吹醒了他的意志，吹冷了他的心。他模糊地想起了她那个温暖的家，父母、姐弟、男朋友……扫帚星？如果那个漂亮温文的邵卓生配不上她，他更用什么去配上她？他的心更冷，更寒，更涩，更苦……而在这一片冰冷的情绪里，楚楚和她母亲的脸始终飘浮在窗外的夜空里，冷冷地看着他，幽幽地看着他，似乎要唤醒他那沉睡的意志，唤醒他灵魂底层的某种悲哀……

车子进入了台北市，就滑进了一片灯海中。他们仍然沉默着，沉默的时间一长，就谁也不愿意先开口，一层尴尬的气氛在两人之间弥漫。她悄眼看看他，被他那满脸的严肃和冷漠震慑住了，她就更加闭紧了嘴。

到了安居大厦，停好了车，她无言地跨下车子。关好车门，他跟着她走进大厦，拾级上楼，他们缓缓地，一级级地上去，一直走上了四层楼。到了必须分手的时候，他终于下决心似的，转头面对着她，他的眼睛里充满了某种狼狈的颓丧和苦恼的、自责的情绪，他的声音竟微微发颤："对不起，刘小姐。"

她涨红了脸，含糊地问："对不起什么？"

"我居然如此不自量力，又如此鲁莽和冒昧，我应该有自知之明……"他艰涩地，困难地，结舌而费力地说，"你洁白无瑕，像一只天鹅。而我——正是只名副其实的癞蛤蟆，我自惭形秽。"

她张大了眼睛，默默地凝视他。那黑白分明的，清澈的眼光一投注在他的脸上，他头中立即"嗡"地一响，狼狈和自惭的情绪就更重地抓住了他。他仓促后退，脸色由苍白而涨红了。"很傻，是不是？"他凄然地说，"一个破碎的口袋，竟想去装住一颗完美的珍珠。"

他打开房门，进去了。

她靠在墙上，好一会儿，她只是靠在那儿，默默地，恍惚地，静静地沉思着。

第六章

　　灵珊有好长一段时间郁郁寡欢，她看什么事都不顺眼，做什么事都不得劲，心烦意乱而情绪不稳。灵珍说她害了忧郁症，灵武说她变得不近人情，刘思谦说她工作太累了，缺乏年轻人该有的娱乐。只有刘太太默然不语，只是静静地观察着她。然后，这天晚上，刘思谦出去应酬了，灵珍和张立嵩去看电影，灵武在房间里边听音乐边做功课，家里难得如此安静。灵珊坐在书桌前面，拿着一本拍纸簿，无意识地涂抹着一些乱七八糟的句子。刘太太悄悄推门进来了。

　　灵珊看看母亲，就又低下头去。刘太太走近她，轻轻地伸手拿起她桌上的拍纸簿，看到上面纵横零乱地写着几句话：

　　　新来瘦，非干病酒，不是悲秋！

　　刘太太放下本子，凝视灵珊，是的，灵珊是瘦了。

"为了谁?"刘太太柔声问,温存地打量着女儿。

"没有!"灵珊蹙紧眉头,把那张纸扯下来,慢慢撕成粉碎。"是邵卓生吗?"刘太太继续问,"那个少根筋难道一点进步都没有吗?灵珊,"她抚摸女儿的长发,"对男孩别太挑剔,你知道,人有好多种,有的机灵,有的憨厚。邵卓生那孩子,虽然缺乏风趣和幽默感,但是非常厚道。你无法找一个面面俱到的男朋友,邵卓生也就很不错了。"

"妈!"她懊丧地喊,"为什么你们都把我看成邵卓生的人?难道除了邵卓生,我就不可以交别的男朋友吗?世界上又不是只有邵卓生一个男人!"

"哦,"刘太太紧盯着她,"你另外有了男朋友?是谁?学校里的同事?还是新认识的?"

灵珊瞪视着母亲。"没有!"她更加懊丧了,猛烈地摇着头,她一迭连声地说,"没有!没有!没有!"

刘太太沉思了一会儿。

"我懂了,"她温柔地说,"你不满意邵卓生,又没有遇到其他满意的人。邵卓生对你而言,是一根鸡肋,食之无味,弃之可惜……""妈妈!"灵珊苦恼地喊了一声,紧锁着眉头,"你能不能不要乱猜?我不是很好吗?""你有心事!"刘太太说。"我很好,很快乐,很满足,我没有心事!""你骗不了一个母亲!"刘太太用手梳着她的长发,柔声说,"告诉我。""妈妈!"灵珊哀求似的叫,眼中盛满了凄惶及无奈,"你别管我,好不好?我最近有点烦,只因为……只因为天气的关系。""天气?最近天气很好呵!""很好我也可以烦呀！"灵珊强词夺理。"好，好，可以烦，可以烦。"刘太太微笑着，"原来你是'新来瘦，非干病酒，却为悲秋！'""妈！"灵珊有点儿恼羞成怒，居然耍起赖来了，"你干吗找我麻烦嘛？人家好好的，什么事都没有，你一定要来烦我，都是你！把我弄哭了，也没什么好处！""哎呀！灵珊！"刘太太慌忙说，"你可别耍，别让你弟弟笑话你……怎么，真的要哭呀？""都是你，都是你，都是你……"灵珊本有点矫情，可是，不知怎的，眼泪却真的来了，"你一定要找我麻烦，你一定要把我弄哭……""喂喂，灵珊，"刘太太手足无措了，把灵珊一把揽进了怀里，她不住地拍抚着她的背脊，"好了，都是妈不好，不该问你！你别哭呀，当老师的人了，怎么还像小孩子？……你听，门铃响了，灵珍他们回来了，快擦干眼泪，别让立嵩他们笑你……"灵珊立刻冲进浴室去擦眼泪，擦好脸，回到房间里，她才发现翠莲笑嘻嘻地站在门口，客厅里没有灵珍和张立嵩的嬉笑声，显然不是灵珍回来了。

翠莲望着她说："二小姐，是阿香找你，她说请你过去一下，她家小姐又不肯写字了！"灵珊的脸色变了变。"她爸爸呢？"她问。"阿香说，她爸爸还没回家！""哦。"灵珊迟疑了一会儿，脸色忽阴忽晴，眼睛忽明忽暗，终于说："我去看看吧！"

她走了出去，紧紧地抿着嘴角，眼里闪耀着奇异的光彩。刘太太目送她的影子消失，心里有点恍恍惚惚的，然后，她的心脏"咚"地一跳，胸口就像被什么东西重重地捶了一下。她眼前闪过一张男性的脸庞，深沉的眼睛、坚毅的嘴角、忧郁的神情……难道使灵珊"非干病酒，不是悲秋"的原因竟远在天边，而近在眼前吗？刘太太摸索着灵珊刚刚坐过的椅子，不由自主地坐了下去，默默出起神。

灵珊走进了韦家。楚楚坐在餐桌前面，一脸的倔强，怒视着桌上的习字簿，手里紧握着一支铅笔，嘟着嘴唇，她的眼睛瞪得圆圆的，一看到灵珊，她立即叫着说：

"阿姨，我不喜欢写我的名字！"

"为什么？"灵珊在她身边坐下来，拿起她的习字簿，发现上面画得乱七八糟，没有一个字写对。她打开楚楚的铅笔盒，找到橡皮，慢慢把那些铅笔线条擦掉。"每个人都要学写自己的名字，这是很重要的，如果你不会写名字，会被别人笑！""我不喜欢！"楚楚噘着嘴说，"阿姨，你给我换一个名字！""名字怎么能换呢？"灵珊说，望着她，"你为什么要换名字？""它太难写了，那么多笔画，我的手都累死了！"楚楚扬着睫毛说，"像丁中一，他的名字好容易写，我会写丁中一，阿姨，我改名字叫丁中一好不好？"

灵珊凝视着楚楚，情不自禁地笑了起来，她用手揉着楚楚的头发，怜爱地说："你不能改名字叫丁中一，每个人有自己的名字，换了名字，你就是丁家的孩子，不是韦家的孩子了。你的名字很好，比丁中一的名字好。楚楚，这是两个很可爱的字，像你的人一样可爱。"楚楚仰头看着她，眼里闪着光："阿香说我是淘气鬼，以前的阿巴桑说我是短命鬼，昨天晚上，我把爸爸的酒杯打破了，爸爸说我是讨债鬼。阿姨，丁中一说鬼是很丑很丑的，很怕人的，我是不是很丑？"

"如果你不乖，你就很丑！"灵珊说，从背后握住了她的手，"可是，你现在很乖，你要学写你的名字，乖孩子都是很漂亮的，来吧！我扶住你的手，我们一起来写，好不好？"

楚楚看了看她，就顺从地握起了那支笔。于是，灵珊扶着她的手，一笔一画地写着，只写了几个字，那孩子就唉声叹气了起来，一会儿说："我的手好酸好酸呵！"一会儿又说："我的眼睛好累好累呵！"最后，她居然说："我的脚好痛好痛呵！"

灵珊忍不住要笑，注视着楚楚，她的唇边全是笑意，眼睛里也全是笑意，她忍俊不禁地说："你用手写字，脚怎么会痛的？""我的脚指头一直在动在动……"楚楚认真地说。

"干什么？""它在帮忙，因为我的手好累好累。"灵珊再也忍不住，她笑了出来。一面笑，她一面放开楚楚的手，把她从椅子上抱了起来，吻了吻那孩子的面颊，低叹着说："楚楚，你实在好可爱好可爱呵！"楚楚呆了，她注视着灵珊的脸，然后，猝然间，她就用小胳膊紧紧地箍住灵珊的脖子，把面颊埋进了她的肩窝里，她用细细的、嫩嫩的、小小的声音，热烈地低喊："阿姨，我好喜欢好喜欢你呵！"

这一声天真的、纯挚的呼叫，顿时使灵珊胸中一热，整个人都热烘烘地发起烧来。她的眼眶湿润了。把楚楚抱向卧室，她低柔地说："我们今天不写字了，你该睡觉了，我抱你去睡觉，好不好？"楚楚不回答，只用小胳膊更紧更紧地抱了她一下。灵珊把她抱进卧室，问："洗过澡了吗？"楚楚点头。"睡衣在哪里？""柜子里。"灵珊把楚楚放在床沿上，打开柜子抽屉，找出了睡衣，正帮楚楚换着睡衣，阿香不安地赶了过来，叫着说："二小姐，我来弄她！"

楚楚的身子一挺，说："我要阿姨！"灵珊对阿香笑笑："没关系，我来照顾她，你去睡吧！"

阿香退开了。灵珊帮楚楚换好衣服，让她躺上床，拉开棉被，密密地盖住了她，又把她肩头和身边的被掖了掖。楚楚睁大了眼睛只是注视着她。刚刚，这孩子还在说眼睛好累好累，现在，她的眼睛却是清醒的。

"睡吧！"灵珊温和地说。"阿姨，"那孩子甜甜地叫，"你上次唱过歌给我听，你再唱歌好不好？"灵珊微笑地凝视她，坐在床沿上，她用手指按在那孩子的眼皮上，使她合上了眼睛。于是，她轻声地、婉转地、细致地唱了起来：

> 月朦胧，鸟朦胧，点点萤火照夜空。
> 山朦胧，树朦胧，唧唧秋虫在呢哝。
> 花朦胧，叶朦胧，晚风轻轻叩帘栊。
> 灯朦胧，人朦胧，今宵但愿同入梦！

她唱着唱着，直到那孩子沉沉入睡了。她继续低哼着那曲子，眼光蒙蒙眬眬地投注在那熟睡的脸庞上，心里迷迷糊糊地想着那个下午，在楼梯上又踢又踹又抓又咬的情形。谁能相信，这竟是同一个孩子？谁又能相信，这孩子已卷入了她的生命，控制了她的情绪？

终于，她慢慢站起身子，拉上了窗帘，关掉床头灯，对床上那小小的人影再投去一瞥，她就悄然退出那房间，轻轻带上了房门。走到客厅里，她猛然一怔。韦鹏飞不知何时已经回来了，他正静静地坐在沙发里，静静地抽着烟，静静地注视着她。他脸上的表情是深沉的，奇异的，眼睛里闪着一抹感动的，几乎是热烈的光芒。她站住了，他俩默默地相对，默默地彼此注视，彼此衡量。

"什么时候回来的？"她问。"有好一会儿了。""你每天下班都不回家吗？"她的语气里带着责备，眼睛里写着不满。"唔。"他哼了一声。"你喝了酒。""唔。"他再哼一声。"你每晚都去喝酒吗？""唔。"他又哼一声。"在什么地方喝酒？""酒家里。"他答得干脆。"除了喝酒，也做别的事？"她问。他锐利地看着她："我不是幼稚园的学生。"他说。"是的。"她点点头，"我能管的范围，也只有幼稚园。"她的声音微微颤抖。他熄灭了烟蒂，从沙发里慢吞吞地站起来，他的眼光始终一眨也不眨地停在她脸上，有种紧张的、阴郁的气氛忽然在室内酝酿，他硬生生地把视线从她脸上移开，喉咙沙哑地说："你该回去了。""是的。"她说，并没有移动。"怎么不走？"他粗声问。

她不响，伫立在那儿，像个大理石的雕像。他的眼光不自禁地又落回到她的脸上，他呼吸急促，声音重浊。"我说过，我像个破了洞的口袋。"他艰涩地说，"自从她离我而去，我一直生活在自暴自弃里，堕落与罪恶与我都只有一线之隔。你如果像外表那样聪明，就该像逃避瘟疫一样逃开我！"她仍然伫立不动，眼光幽幽然地直射向他。

"你听不懂吗?"他低吼,声音更粗更哑更涩,"我叫你逃开我,回家去!"她缓缓地走近了他,停在他面前,她的脸离他很近很近,她悠然长叹,吐气如兰。她的眼光如梦如雾如秋水盈盈。她的声音低柔而清晰:"她叫什么名字?""谁?""你的太太。"他重重地呼吸,"请你不要提起她!""好。"她说,扬起睫毛,那两泓秋水映着灯光,闪烁如天边的两颗寒星,"我不提她!你刚刚说什么?你叫我回家去?""是的。"他哑声说,目光无法从她脸上移开。"为什么?""我——不想伤害你!"她又悠然长叹:"你叫我走,而你说不想伤害我?你甚至不知道,怎样是伤害我,怎样是爱护我!好吧!"她转身欲去,"我走了,"她的声音轻柔如梦。"只是,今晚叫我走了,以后,我也不会再来了。"

他一伸手,紧紧地握住了她的胳膊。"灵珊!"他冲口而出,热烈地低喊,"我还有资格再爱一次吗?"她迅速掉转头来,双颊如火。眼睛里是烧灼般的热情,大胆地,执拗地,毫无顾忌地射向他。这眼光像一把火,烧毁了他所有的武装,烧化了他所有的顾忌。他把她拉向了怀里,俯下头去。他的嘴唇紧贴在她的眼皮上,吻住了那道火焰。她不动,然后,他的唇滑了下来,沿着那光滑的面颊,一直落在她那柔软的唇上。时间有片刻的停驻。他们紧紧贴着,他听到她的心跳,听到自己的心跳,听到她的呼吸,听到自己的呼吸。好久好久,他慢慢抬起头来,把她的头紧压在自己胸前,把她那纤小的身子,拥在自己宽阔的胸怀里。他抬眼看着窗外,一弯新月,正高高地悬挂着,远处,有不知名的鸟儿,在低声地鸣唱，他轻声说："像你的歌。""什么？"她的声音，从他胸怀中压抑地、模糊不清地透了出来。"像你的歌。"他再说。"什么歌？""月朦胧，鸟朦胧。"他喃喃地念。扶起了她的头，他用双手捧住她的脸，灯光映照在她的眸子里。"山朦胧，树朦胧。"他再念，长长地吸了口气，"灯朦胧，人朦胧。"他的声音低如耳语，他的嘴唇重新捉住了她的，紧紧地，紧紧地，他吮着那唇，像阳光在吸取着花瓣上的朝露。"别离开我！"他说，他的唇滑向了她的耳边，压在她的长发上，他的声音像个无助的孩子，"我只有个像蛋壳一样的外表，一敲就碎。灵珊，别离开我！"

她抬起头来，伸手抚摩他那粗糙的下巴，他的眼睛湿漉漉的，里面闪烁着狼狈的热情。"你在怕什么？"她问。"怕——"他顿了顿，"破碎的口袋，装不住完美的珍珠。""我会穿针引线，缝好你的口袋。"她说，用手环住了他的腰，把头倚在他的胸前。可是，她觉得，他竟轻轻地战栗了一下，好像有冷风吹了他似的。

第七章

"灵珊，你不要发昏！"灵珍坐在床沿上，呆呆地、吃惊地瞪着灵珊，压低了声音说，"如果你是在逢场作戏，我也不管你，反正，多交一个男朋友，也没坏处，但是，如果你是在认真，我反对，坚决反对！"

灵珊坐在书桌前的转椅里，她下意识地转着那椅子，手里拿了把指甲刀，早就把十个手指都剪得光秃秃的了。

"灵珍，"她说，"我把这事告诉你，只因为我们姐妹间从没有秘密，而且我以为，你和我一样年轻，最起码，不会像长一辈的思想那么保守，那么顽固……"

"这不是保守与顽固的问题！"灵珍打断了她，诚挚地、恳切地说，"我们的父母，也绝不是保守和顽固的那种人，爸爸妈妈都够开明了，他们从没有干涉过我们交朋友，你记得我高中毕业那年，和阿江他们鬼混在一起，妈尽管着急，也不阻止，事情过去之后，妈才说，希望我们自己有是非好坏之分，而不愿把我们像囚犯一样拘禁起来。"

"妈受过囚犯的滋味。"灵珊说，沉吟地看着灵珍，"你和阿江的故事，不能和我的事相提并论，是不是？阿江是个小太保，韦……"

"韦鹏飞也不见得是个君子！"灵珍冲口而出。

"姐姐，"灵珊蹙起眉头，"你怎么这样说？"

"算我说得太激烈了。"灵珍说，"灵珊，你想想看吧，你对他到底了解多少？认识多少？"

"很多了。"

"很多？全是表面的，对不对？他有很好的学识，很好的工作，派头很大，经济环境很好，这是你了解的。背后呢？他的人品如何？他的父母是谁？他的太太死于什么病？你不觉得，这个人根本有些神秘吗？我问你，他太太死了多久了？"

"我不知道。"

"不知道？你怎么可以不知道？"

"提他的太太，对他是件很残忍的事，我想，至今，他无法对他太太忘情。"

"哈！"灵珍更激动了，"提他太太，对他是件很残忍的事，不提他太太，对你就不残忍了吗？灵珊，你别傻，世界上没有一个女人，能去和死人争宠！"

灵珊打了个冷战。"妈妈常说，人都有一种贱性，"灵珍紧紧地注视着灵珊，"失去的东西，往往是最好的，得不到的东西，更是珍贵的。灵珊，"她用手指绕着灵珊的长发，"你要想想清楚，我不反对你和他交朋友，可是，别让他占了你的便宜，我有个直觉，他是很危险的！"

"他绝不是要占女孩子便宜的那种人，"灵珊不自禁地代韦鹏飞辩护，她的眼光迷蒙地看着桌上的台灯，"事实上，他一直在逃避我……"

"以退为进，这人手段高明！"灵珍又打断她。

"你怎么了？姐？"灵珊恼怒地说，"你总是往坏的地方想，你不觉得你在以小人之心，度君子之腹吗？"

"他不是君子！"

"何以见得？"

"如果他对太太痴情，他不该来挑逗你……"

"他并没有挑逗我！"

"那么，是你在挑逗他了？"

"姐姐！"灵珊红了脸。

"好吧，我不攻击他！"灵珍躺了下去，眼睛看着天花板，"我在想，他的故事里，总有些不对劲的地方。他留学回来，发现太太死了，他太太应该尸骨未寒，而他，已经在转另一个女孩的念头了。"她转过头来，望着灵珊，怒冲冲地说："我最恨朱自清！"

"这与朱自清有什么关系？"灵珊诧异的。

"朱自清写了一篇给亡妇，纪念那个为他鞠躬尽瘁，死而后已的太太，全文文辞并茂，动人至极……"

"我知道。"灵珊接话说，"最后却说，他今年没有去上太太的坟，因为他续娶的夫人有些不舒服。"

"我们讨论过，对不对？"灵珍说，"其实，续娶也应该，变心也没什么关系，只不该假惺惺地去写一篇给亡妇。我讨厌假惺惺的人！"

"你是说，韦鹏飞假惺惺吗？"

"我不批评韦鹏飞，免得影响姐妹感情！"灵珍说，"我只劝你眼睛睁大一点，头脑清楚一点，你是当局者迷，我是旁观者清！我告诉你，那个韦鹏飞不简单，绝对不简单！你如果不是逢场作戏，就该把他的来龙去脉摸摸清楚，爱情会让人盲目！你不像我，我还和阿江混过一阵，你呢？你根本没有打过防疫针！"灵珊瞪视着灵珍，默默出起神，她觉得灵珍这番话，还真有点道理。虽然有些刺耳，却句句都是肺腑之言，她咬着嘴唇，默默沉思。灵珍看到她的脸色，就知道她的意志已经动摇了，她伸手抓住灵珊的手，诚挚地问："灵珊，你到底和他到什么程度了？"

灵珊出神地摇摇头："谈不上——什么了不起的——程度。"

"那就好了，对男人要保持距离，以策安全。"

"你认为他是有毒的了。"

"靠不住。"灵珍拍拍她的膝，"说老实话，那个邵卓生虽然有些傻呵呵，人倒是很好的。和你也交往了两三年了，你为什么不喜欢他？""他是绝缘体。""什么绝缘体？""不通电。"灵珍笑了笑，"不通电倒没什么关系，总比触电好！不通电了不起无光无热，触电却有生命危险！"

"宁可触电，我也受不了无光无热的生活！"

"你不要让幻想冲昏了头！"灵珍说，深思地转了转眼珠。"灵珊，快过耶诞节了，这事不影响我们的原定计划吧？假若你耶诞节不和我们一起过，我永远不原谅你！立嵩已经在中央订了位子，你和邵卓生，我和立嵩，和去年一样，我们该大乐一下！""你现在是千方百计，想把我和邵卓生拉在一起了？"灵珊问，"我记得，你曾经批评邵卓生是木字上面扛张嘴，写起来就是个'呆'字！""他最近进步不少！"灵珍慌忙说，"上次还买了一套唱片送小弟，张张是小弟爱听的！""小弟哪张唱片不爱听？"

"怎么没有？他一听交响乐就睡觉。"

"什么时候你成了拥邵派？"

"今晚开始！"

灵珊瞪着灵珍，叹了口长气："灵珍，韦鹏飞就那么可怕吗？"

"我不知道。"灵珍困惑地蹙起眉，"我只是觉得不妥当，他——和他那个坏脾气的女儿，反正都不妥当。灵珊，你听我的，我并不是要你和他绝交，只要你和他保持距离……"

"好，"灵珊咬咬牙，"我听你的！"

"那么，耶诞节怎么说？"

"有什么怎么说？也听你的！"

灵珍松了一口气，笑着抚摩灵珊的手背。

"这才是个好妹妹呢！"

灵珊看了灵珍一眼。"不要告诉爸爸妈妈。"她说。

"当然，"灵珍接话，"这是我们姐妹间的秘密，而且，说它干什么？我猜，三个月以后，这件事对你而言，就会变成过去，就像当初，阿江和我的事一样。"

灵珊丢下手里的指甲刀，站起身来，走到床边去，往床上一躺，她也望着天花板，心里却低低地说了句："那可不见得。"话是这么说，灵珊如果不受灵珍这番话的影响，几乎是不可能的。从小，灵珊和灵珍间就有种与生俱来的亲密和了解，灵珊对这个姐姐，不只爱，而且敬。对她所说的话，也都相当信服。因而，灵珍对韦鹏飞的那些批评，很快就深种到灵珊的内心去了，使她苦恼，使她不安，使她充满了矛盾和怀疑。这是个星期六的下午，灵珊又待在韦家。韦鹏飞近来几乎天天一下班就回家，他回绝了那些不必要的应酬，戒掉了去酒家的习惯，甚至，他在家里都难得喝一杯酒。他对灵珊说："让我为你重新活过！你不会喜欢一个醉醺醺的爱人，我想戒掉酒，我要永远清醒——来欣赏你的美好！"

爱人们的句子总是甜蜜的，总是温馨的，总是醉人的。灵珊在一种矛盾的痛楚中，去倾听这些言语，心里却反复地自问着："他是危险的吗？他是神秘的吗？他是不妥当的吗？"

这天午后，因为是星期六，灵珊没有课。韦鹏飞的工厂却在加班，他没回来，只和灵珊通了个电话："别离开我家，我在六点以前赶回来，请你吃晚饭！""今天是周末，"她说，"怎么知道我没别的约会？一定能和你一起吃晚饭？"他默然片刻，说："我不管你有没有约会，我反正六点以前赶回来，等不等我，都随你便！如果你不等我……""怎么呢？"她问。"我就不吃晚饭！"他撒赖地说，口气像楚楚。

他挂断了电话，她呆坐在那儿，发了好一会儿怔。心想，他倒是个厉害的角色，知道如何去攻入她最软弱的一环。叹口气，她望着楚楚，楚楚正在写功课，这孩子和她的父亲一样，变了很多很多，虽然，偶尔她还是会大闹大叫地发脾气，但，大部分时间，她都乖巧而顺从，尤其是在灵珊面前。

"阿姨，我的铅笔断啦！"楚楚说。

"铅笔刀呢？"灵珊打开她的铅笔盒，找不到刀。

"不见哩！"

"你总是弄丢东西！阿香呢？去叫阿香找把铅笔刀来！去！"

"阿香买面包去哩！"

"哦。"她站起身来，想找把铅笔刀。

"爸爸书房里有。"灵珊走进了韦鹏飞的书房，她几乎没有来过这个房间，房子不大，靠窗放着一张很大的书桌，桌上有笔筒、便条笺、镇尺、订书机……靠墙有一排书架，里面陈列的大部分都是些锻造方面的工具书，她好奇地看了一眼，居然也有好多文学书籍，都是些小说：有纪德全套的作品，有屠格涅夫的，还有海明威和雷马克的。她走到书桌前面，在笔筒里找到了铅笔刀，正要退出这间书房，脑子里猛然响起灵珍的话："你对他了解多少？又认识多少？"

她回到书桌前面，带着些犯罪感，轻轻地拉开了书桌中间的抽屉，里面零乱地放着些图表、名片、回纹针、三角尺、仪器盒等杂物，她翻了翻，什么引人注意的东西都没有。她再拉开书桌旁边的抽屉，那儿有一排四个抽屉，第一个抽屉里全是各种"扳手设计图"，什么"活动扳手""水管扳手"

"混合扳手"……看得她眼花缭乱。她打开第二个抽屉，全是"套筒设计图"，索然无味，再打开第三个抽屉，竟是"钳子设计图"！心想，这个韦鹏飞并没有什么难以了解之处，他不过是个高等"打铁匠"而已，专门制造各种铁器！想着，她就不自禁微笑起来。

转过身子，她预备出去了，可是，出于下意识作用，她又掉转头来，打开了那最后一个抽屉，一眼看去，这里面竟然没有一张图解，而是满满的书信和记事簿。她呆了呆，真找到自己想找的东西，却没有勇气去翻阅了。呆站在那儿，她犹豫了大约十秒钟，终于，她伸手去翻了翻信封，心想，我只要看看信封，这一看，才知道都是韦鹏飞的家书，看样子，是他的父母写来的，封面都写着"高雄韦寄"。按捺不住心中的好奇，她随便拿了一封，抽出信笺，一手漂亮的毛笔字，写着：

鹏飞吾儿：

　　接儿十八日来函，知道诸事顺利，工作情况良好，吾心甚慰。楚孙顽劣，仍需严加管教，勿以其失母故，而疏于教道也……

灵珊匆匆看下去，没有任何不妥之处，那父亲是相当慈祥而通情达理的。她把信笺放回信封中，再把信封归还原处，心里一片坦然与宽慰。顺手，她再翻了翻那沓记事簿，忽然，有一本绑着丝带的册子，吸引了她的注意力，她拿起册子，封面上，是鹏飞的笔迹，写着：

爱桐杂记

爱桐？这是他太太的名字了？是她的日记？杂记？为什么封面竟是韦鹏飞的笔迹？她不由自主，就在书桌前面坐了下来，打开第一页，她看到几行题字：

黄菊开时伤聚散。曾记花前，共说深深愿。重见金英人未见。相思一夜天涯远。
罗带同心闲结遍。带易成双，人恨成双晚。欲写彩笺书别怨。泪痕早已先书满。

她怔怔地看着这几行字，和封面一样，是鹏飞的笔迹，想必，他写下这几行字的时候，心一定在滴血了？"欲写粉笺书别怨，泪痕早已先书满！"那么，这是她死了之后，他题上去的了？她觉得心中掠过了一阵又酸又涩的情绪，怎么？自己竟和一个死人在吃醋？她想起灵珍的话："世界上没有一个女人，能去和死人争宠！"

她抽口气，翻过了这一页。发现下面是一些片段的杂记，既非日记，也非书信，显然是些零碎的记录和杂感，写着：

初认识欣桐，总惑于她那两道眼波，从没看过眼睛比她更媚的女孩。她每次对我一笑，我就魂不守舍，古人有所谓眼波欲流，她的眼睛可当之而无愧，至于"一笑倾人城，再笑倾人国"更非夸张之语了。我常忘记她的年龄，一天，我对她说：

"欣桐，要等你长大，太累了。"她居然回答："那么，不要等，我今天就嫁你！"

那年，她才十五岁。欣桐喜欢音乐，喜欢怀抱吉他，扣弦而歌。她的嗓音柔美动人，声音微哑而略带磁性。有天，她说："我要为你作一支歌！"我雀跃三丈，简直得意忘形。她作了，连弹带唱给我听，那歌词竟是这样的：

"我认识一个傻瓜，他长得又高又大，他不会说甜言蜜语，见了我就痴痴傻傻！他说我像朵朝霞，自己是一只蛤蟆，我对他微微一笑，蛤蟆也成了哑巴！"

欣桐就是这样的，她风趣潇洒快活，才华横溢，即使是打趣之作，也妙不可言。如今她已离我而去，我再也求不到人来对我唱："蛤蟆也成了哑巴！"人生之至悲，生离死别而已矣。

灵珊猛然把册子合了起来，觉得心跳急促，泪水盈眶，她想起他也曾对她自比为"癞蛤蟆"，原来这竟是他的拿手好戏！但是，真正使她心痛的，还不是这件事，而是他对"欣桐"的一片痴情，看样子，自己和欣桐来比，大概在他心里，不到欣桐的百分之一！欣桐，她忽然困惑地皱皱眉，为什么封面是"爱桐"，而里面是"欣桐"？是了！她心中灵光一闪，恍然大悟。徐志摩有《爱眉小札》《爱眉日记》，韦鹏飞就有《爱桐杂记》！欣桐是她的名字，爱桐是他的情绪！情深至此，灵珊还有什么地位？她把册子丢入抽屉中，站起身来想走，但是，毕竟不甘心，她再拿起来，又翻了一页。

欣桐喜欢穿软绸质料的衣服，尤其偏爱白色，夏天，她常穿着一袭白绸衣，宽宽松松的，她只在腰上系根带子，她纤细修长，就这样随便装束，也是风姿楚楚。我每次握着她柔若无骨的小手，就想起前人的诗句：

冰肌玉骨，自清凉无汗。

传言这句子是后蜀孟昶为花蕊夫人而作，料想欣桐与当年的花蕊夫人相比，一定有过之而无不及。每年冬天，欣桐丝毫都不怕冷，她不喜欢穿大衣，嫌大衣臃肿，一件白毛衣，一条薄呢裙子，就是她最寒冷天气的装束。走在街上，她哈口气，就成一股白雾，她开心地笑着说："鹏飞，你爱我，就把这雾气抓住！"

我真的伸手去抓，她笑着滚倒在我怀里，双手抱着我的腰，她揉着我叫："你是傻瓜中的傻瓜！是我最最可爱的傻瓜！"今夕何夕？我真愿重作傻瓜，只要欣桐归来！今生今世，再也不会有第二个女人，让我像对欣桐那样动心了，永不可能！因为，上帝只造了一个欣桐！唯一仅有的一个欣桐！

灵珊再也没有勇气看下去，把册子丢进抽屉里，她砰然一声合上抽屉，就转身直冲到客厅里。她视线模糊，满眼眶都是泪水。楚楚仰着头，愉快地喊："阿姨，你找到铅笔刀了吗？"

"等阿香回来帮你削！"她含糊地叫了一声，就咬紧牙关，冲出韦家。闭了闭眼睛她竟止不住泪如泉涌，用手拭去了泪痕，在这一瞬间，她才了解什么叫"嫉妒"，什么叫"伤心"，什么叫"痛苦"，什么叫"心碎"！

直接回到了家里，她立即拨了一个电话给邵卓生，含着泪，她却清清楚楚地说："来接我，我们一起去吃晚饭！"

第八章

其实，邵卓生这人并不笨，反应也不算迟钝。只因为灵珊不喜欢他，难免处处去夸张他的缺点。事实上，邵卓生个子瘦高，眉目清秀而轮廓很深，以外形论，他几乎称得上漂亮。灵珊就知道，在幼稚园的同事中，好几个未婚的女教员都对邵卓生感兴趣，还羡慕灵珊有这么一位"护花使者"。邵卓生最大的优点，在于有极高度的耐性。而且，他对于自己不懂得的事情，也知道如何保持"沉默"，以达到藏拙的目的。所以，和他同进同出，无论怎样，他并不让灵珊丢脸。

这晚，他们去银翼吃的饭，灵珊最爱吃银翼的豆沙小笼包，正像她爱吃"芝麻霜淇淋"一样，中国人对吃的艺术，已经到达了匪夷所思的地步。豆沙可以做小笼包，芝麻做霜淇淋，邵卓生说："我知道，你最爱吃特别的东西！你喜欢——"他挖空心思找成语，终于找到一句，"与众不同！"

"哼！"灵珊哼了一声，不予置评。

"你还想吃什么，我帮你点！"看灵珊脸色抑郁，他耐心地，讨好地说，"这家馆子，就是花样比较多！"

　　"叫他们给我做一个'清蒸癞蛤蟆'！"她说。"什么！"邵卓生吓了一跳，讷讷地说，"有……有这样一道菜吗？清蒸什么？""清蒸癞蛤蟆！"灵珊一本正经的。

　　邵卓生看看她，抓抓头，笑了："我知道了，你应该是说'清蒸樱桃'，或者是'清蒸田鸡'。要不然，你是想吃牛蛙？"

　　"不是，不是，"灵珊没好气地说，"我说的就是清蒸癞蛤蟆！"

　　邵卓生呆望着灵珊，默然沉思，忽然间福至心灵起来，他俯过身子去，低低地对灵珊说："你是不是在骂我？你要他们把我给清蒸了吗？"

　　灵珊愕然地瞪大眼睛，知道邵卓生完全拐错了弯，她就忍不住笑了，她这一笑，像拨乌云而见青天，邵卓生大喜之下，也傻傻地跟着她笑了，一面笑，一面多少有些伤了自尊，他半感叹地说："假若真能博你一笑，把我清蒸了也未始不可……"

　　"卓生！"她喊，心中老大不忍，她伸手按在他的手上，"你完全误会了，我怎么会骂你？我只是……只是……只是顺口胡说！"邵卓生被她这样一安抚，简直有些喜出望外。在这一刹那间，觉得即使当了癞蛤蟆，即使给清蒸了也没什么关系，他叹口气说："我觉得，我命里一定欠了你的！我妈说，人与人之间，都是欠了债的，不是我欠你，就是你欠我！"

灵珊真的出起神来了，看样子，邵卓生是欠了她的，而她呢？大概是欠了韦鹏飞的，韦鹏飞呢？或者是欠了那个欣桐的！欣桐……灵珊心中掠过一抹深深的痛楚。欣桐，她又欠了谁呢？欠了命运的？欠了死神的？如果欣桐不死，局面又会怎样？吃完饭，时间还早，她在各种矛盾苦恼和痛楚中，只想逃开安居大厦，逃得远远的。于是，她主动向邵卓生提出，他们不如去狄斯角听歌。邵卓生是意外中更加上意外，心想，准是一念之诚感动了天地，竟使灵珊忽然间温柔而亲密了起来。在狄斯角，他们坐了下来。这儿是一家改良式的歌厅，不像一般歌厅那样，排上一排排座位，这儿是用小桌子，如同夜总会一样。由于有夜总会的排场，又有歌厅的享受，兼取二者之长，这儿总是生意兴隆，高朋满座。灵珊是久闻这儿的大名，却从没有来过，所以，坐在那儿，她倒也认真享受着，认真听着那些歌星唱歌。只是，在心底，一直有那么一根细细的线，在抽动着她的心脏，每一抽，她就痛一痛。歌星轮流出场退场，她脑中的一幅画面也越来越清晰：韦鹏飞沉坐在那冷涩的、幽暗的房间里燃着一支烟，满屋子里雾腾腾的，他只是沉坐着，沉坐着……

　　一位"玉女歌星"出场了，拿着麦克风，她婉转而忧郁地唱着一支歌："见也不容易，别也不容易，相对两无言，泪洒相思地！聚也不容易，散也不容易，聚散难预期，魂牵梦也系！问天天不应，问地地不语，寄语多情人，莫为多情戏……"灵珊心中陡地一动，她呆呆地注视着那个歌星，很年轻，大约只有二十岁，身材修长，长发中分，面型非常秀丽，有些面熟，八成是在电视上见过。穿着件白色曳地长裙，飘然有林下风致。她对这歌星并没什么兴趣，只是那歌词却深深感动了她。用手托着下巴，她怔怔地望着那歌星发呆。下意识地捕捉着那歌词的最后几句：

"春来无消息，春去无痕迹，寄语多情人，花开当珍惜！"她再震动了一下，"花开当珍惜！"她珍惜了什么？她竟在和一朵早已凋零的花吃醋呵！转头望着邵卓生，她说："几点钟了？"邵卓生看看表："快十二点了。"她直跳起来："我要回家！太晚了。"

邵卓生并不挽留，顺从地站起身来，结了账，跟她走出了歌厅。她垂着头，始终沉思着，始终默默不语，始终双眉微蹙而心神不定。到了安居大厦门口，她才惊觉过来，对邵卓生匆匆抛下了一句："再见！"她转身就冲进了电梯，按了四楼的键，她站在电梯中，心里模糊地对邵卓生有些抱歉。可是，这抱歉只是一缕淡淡的薄雾，片刻就消失得无影无踪。然后，心中那抹渴切的感觉就如火焰般烧灼着她，在这一片火焰的烧炙里，她耳边一直荡漾着那歌星的句子："问天天不应，问地地不语，寄语多情人，莫为多情戏！春来无消息，春去无痕迹，寄语多情人，花开当珍惜！"电梯的门开了，她跨出来，站在那儿，她看看四 D 的大门，再看看四 A 的，两扇门都合着。她心里有片刻的交战，理智是走往四 D，感情是走往四 A，而她的脚——却是属于感情的。她停在四 A 门口，靠在门框上，伫立良久，才鼓起勇气来，伸手按了门铃。门开了，韦鹏飞站在那儿，和她面面相对。他的脸色发青而眼神阴郁，看到门外的她，她似乎微微一震，就直挺挺地站在那儿，一动也不动了。"你——"她的嘴唇翕动着，声音软弱而无力，"你不请我进去坐坐吗？"他无言地让开了身子。

她走了进去，听到他把门关上了。回过头来，她望着他，他并不看她，却径自走到酒柜边，倒了一杯酒，她看看那酒瓶和酒杯，知道这绝不是他今晚的第一杯，可能是第五杯，第十杯，甚至第二十杯！"你又在酗酒了。"她轻叹地说。

他不理她，啜了一口酒，端着酒杯走到沙发边来，坐进了沙发里，摇动酒杯，凝视着杯子里那浅褐色的液体，冷冷地说了句："玩得开心吗？"她在他对面坐下来。"我并不是成心要失约……"她轻声地、无力地开了口，"是因为……因为一个意外……"他把杯子重重地往桌上一顿，酒从杯口溢了出来，流在桌子上，他抬眼看她，眼神凌厉而恼怒。"不要解释！"他大声说，"我知道我今天的地位，我清楚得很！你寂寞的时候，拿我来填补你的空虚，你欢乐的时候，把我冷冻在冰箱里！我是你许许多多男朋友中的一个，最不重要的一个！在你内心深处，你轻视我，你看不起我，你把我当玩具，当消遣品……"她张大了眼睛惊愕地瞪视着他，一眨也不眨地瞪视着他。心里那根始终在抽动的细线，就一点一点地抽紧，抽得她的心脏痉挛了起来，抽得她浑身每根纤维都紧张而痛楚。她讷讷地，口齿不清地说："不，不，不是这样的！你听我说，不像你所想的，我绝不会，也不可能把你当玩具……"

"不要解释，我不听解释！"他怒吼着，一口干了杯中的酒，"你知道吗？今天工厂里在加班，五百个工人在赶工！有个高周波炉出了毛病，我带着好几个工程师抢修那炉子，因为惦记着你，因为要赶到六点钟以前回来，我差点触电被电死！到了五点钟，炉子没修好，业务处说，如果这批货不能如期赶出来，要罚一百万美金！我告诉他们说，分期付款扣我的薪水吧，我六点钟有比生命还重要的事！于是，丢下高周波炉，丢下工厂，丢下五百个赶工的工人……我飞车回家，一路超速，开到时速八十，我到了家，五点五十八分整！楚楚告诉我，阿姨走啦，早就走了！我叫阿香去问翠莲，说是，我们二小姐和扫帚星出去玩了，不到深更半夜，不会回来！"他喘了口气，盯着她："玩得愉快吗？很愉快吗？心里一点牵挂都没有吗？为什么还要来按我的门铃？你玩得不尽兴吗？需要我再来填补你剩余的时间吗？"

她凝视他，一时间，心里像打翻了一锅沸油，烧灼、疼痛而又满心都热烘烘的。她竟目瞪口呆，不知道该说什么，或该做什么。他站起身子，冲到酒柜边，他把整瓶酒拿了过来。她立即用手按住杯口，瞪着他，拼命摇头："你不能再喝了，你已经喝得太多了！"

"关你什么事？""怎么不关我的事？"她眼里蒙上了一层泪雾，视线完全变得模糊，"你喝酒，只是为了和我怄气，你用糟蹋自己来跟我怄气，你妄下断语，自以为聪明，你甚至不问我，为什么不等你？为什么要出去？"

"我何必问？"他挑起了眉毛，"我被人冷落到这种地步，难道还不够？还要多问几句来自讨没趣吗？"他用力从她手底去抢那杯子。"给我!""不!"她固执地,用力抓住了杯口。"听我解释,你一定要听我……""我不听!"他涨红了脸,怒声大叫,酒气在他胸中翻涌,"我以前等过一个女孩子……""从她十五岁等起,等她长大……"灵珊再也控制不住自己,她的声音发颤,喉咙发哽,胸中发痛,她重重地呼吸,胸腔不稳定地起伏着:"一等就等了好多年,而今晚,你没有耐心去等几小时?""哦?"他的眉毛挑得更高,怒火燃烧在他眼睛里:"你是有意的?有意让我等?有意折磨我?你以为你和她一样……""我当然不如她!"她叫了起来,"我用哪一点去和她比,既不像花蕊夫人,更没有冰肌玉骨!既不会弹吉他,也不会写什么大傻瓜的歌……""你……"他的脸色一下子变得惨白,"你……你怎么知道?怎么……知道?""爱桐杂记!"她冲口而出,"既然天下只有一个欣桐,既然爱她爱得刻骨铭心,何必又三心二意,再去找补上一个刘灵珊?你就该殉情殉到底了,你就该把你所有的感情,整个陪葬给她……""灵珊!"他白着脸大叫,"住口!"

"你怕听吗?你越怕听,我越要说!"她仰起了下巴,挺起了胸,大声地说,"欣桐!她是人间的仙子,她爱穿白衣服,夏天清凉无汗,冬天哈气成霜……你再也不会爱一个女人,像爱欣桐那样!上帝只造了一个欣桐,你心里也只有一个欣桐……"她越叫越响,手就下意识地握紧,忽然,"豁啷"一声,她发现手里的酒杯,被握成了粉碎,碎玻璃四散溅开,而她手上却一手的鲜血。她怔了,呆了,注视着手,那滴着血的手。她停止了吼叫,有一瞬间,心里没有思想,也没有意识。然后，她看到韦鹏飞一下子扑了过来，捉住了她的手，把好几片碎玻璃从她手掌上拿开，他抬眼看她，脸上毫无血色。

"别动！"他哑声说。奔进了浴室，他取出一条干净的白毛巾，把毛巾压在她手掌上，那毛巾迅速地变成了红色。他的脸更白了。"我送你去医院！"他说。

"不要小题大做。"她说，走向浴室。他跟了进来，打开柜子，取出绷带和药膏。她把毛巾拿开，把手送到水龙头底下，打开龙头，水冲着血液，一起流进水池里。她举起手来，看了看，伤口有好几条，很细，很长，很深。韦鹏飞站在她面前，他的眼光深深地，望进她的眼睛深处去，他眼里充满着惊痛、懊悔和怜惜。这眼光诉说出太多太多心灵的语言，诉说了太多太多深切的挚情。她的眼眶在一刹那间湿了，泪水疯狂地涌进了眼眶中，她扑进了他的怀里，把头埋在他的胸前。"我不好，"她喃喃地说，"我不再去和她比，只要……只要你心里有我，我不敢要求像她一样多，只要……只要有你对她的十分之一……"他用手托起她的下巴，吻去了她面颊上的泪痕，他的嘴唇干燥而发热，他的声音沙哑：

"你不懂，灵珊，你不知道……"他困难地、窒息地说，"你不懂，灵珊！你不要和她比……我……我……"他推开她，凝视她的眼睛。他的眼神深邃，眼白里布满了红丝："我说过，我要为你重活一遍！我是真心的，灵珊，真正真心的！让我告诉你……""别说！"她用手指按在他的唇上，慢慢地摇头，"别说！我一度很幼稚，很幼稚，我不会再幼稚了。"

他握住她那受伤的手，血又从伤口沁出来。他拿了消炎药膏，细心地为她搽抹，再用绷带把她的手掌牢牢绑紧，用胶布贴牢了，他看着那绑着绷带的手。忽然，他放开她，转过身子，把额头抵在橱上，他苦恼地说：

"灵珊，在你卷进我的生活里以前，我已经成了一具行尸走肉！我是个空壳，是个机器！我整天面对那些剪切机、加热炉，自己也成了机器的一部分！我以为我这一生，是不会再爱了。我写《爱桐杂记》的时候，也以为我这一生是不会再爱了。可是，你来了，带来了活力，带来了生命，带来了力量，你使我再活过来，再能呼吸，能思想，能希望。使我又有了梦，又有了歌。灵珊，你不能了解，你给了我些什么！你不能了解，当我飞车在高速公路上，要赶回来见你时，我的血液是怎样沸腾着，像高周波炉里烧熔了的铁浆！"

她拉住了他的手，用自己那受伤的手去握紧他，那粗糙的绷带碰到了他的皮肤，他抓住她，惊呼着："你干什么？当心你的伤口！"

"我需要痛一痛，让我弄弄清楚，我听到的话是真的，还是假的？我要弄明白，我是不是很清醒？"

他的眼眶发红："灵珊，你——你——好傻！"他把她一把抱起来，抱进客厅，放在沙发上，让她横躺在沙发里，他跪在她身边，检视着她的手。还好，血是止住了，绷带是干的。他捧着那手，眼睛不敢看她，他把嘴唇轻轻地贴在她的绷带上。"每一个人都有过去，"他低语，"如果你这么介意的话，躺在这儿，别动！""你要干吗？"她问。"躺着！别动！"

他站起身来，走进屋子里面去。她不知道他要做什么，只是狐疑地躺着。一会儿，他出来了，手里握着那本《爱桐杂记》。走到她身边，他掏出打火机，打着了火，把册子放在火焰上。她惊叫一声，立即伸出手来，一把抢过那本册子，说："烧得掉这本册子，也烧不掉你的过去！不许烧，我要它！"他盯着她："你整个看过？""没有，只看了两页。""那么，我还是烧掉得好。"她握紧册子，抱在怀中。

　　"不！不许烧。"她深深地注视他，语重而心长，"人，不能忘旧，假若你能很容易地烧掉欣桐，说不定有一天，也很容易就烧掉灵珊。你不能烧它，留下来，最起码，为了——楚楚。"他怔怔地凝视她。"为了楚楚，"她重复了一句，"她有权该知道，她有个多么美好的母亲！"他更加发怔了，凝视着她，他一动也不动，像是被什么魔杖点过，整个人都成了化石。

第九章

耶诞节一转眼就来了。

晚上，在卧室里，灵珊和灵珍都在为耶诞舞会化妆，灵珊一面戴上耳环，一面用半商量半肯定的语气说："姐，我十二点以前一定要赶回来！""中央酒店也只开到十二点，"灵珍说，换上一件粉红色的长礼服，站到灵珊面前，让她帮她拉拉链，系带子，"但是，你如此坚持要在十二点以前回来，大概不是要回四D，而是要去四A吧！""姐姐！"灵珊叫，拿起桌上的发刷，胡乱地刷着头发，"你知道，我今晚去中央，实在是有些勉强……"

"你不用说，我完全了解！"灵珍打断她，"你是逼不得已！在你心里，大概很后悔那么早就答应了这个约会！我保管等会儿跳舞的时候，你一定也会魂不守舍。你人在中央，心也会在四A！"

"姐！"灵珊轻叹了一声，"想想看吧，当我们在歌声舞影中又笑又叫的时候，有人正独坐房里……"她没说下去，眼前已浮起韦鹏飞一杯在握，独自品茗着他那份寂寞的神态。她再叹口气："反正我十二点以前要赶回来，我答应他了！"灵珍看了她一眼："赶不赶回来是你的事，我才管不了那么多！但是，灵珊，你要弄清楚，别把同情和爱情混为一谈！"

"我们最好别谈这问题！"灵珊烦躁地说。"也没时间谈了，立嵩和扫帚星准在客厅里发毛了。"灵珍往门口走，忽然又站住了，"灵珊，你答应过我不对他认真，但是，你已经认真了！""我没答应过你什么，"灵珊说，"在我想不认真的时候，我就早已认真了。姐，让我坦白告诉你吧……"她睁大了眼睛，面颊红艳艳的，眼睛水汪汪的："你不用再费心拉拢我和扫帚星，没用了！真的没用了！我对韦鹏飞早已……早已是无可救药了！""灵珊！"灵珍扑过来，握住灵珊的手，那手上还贴着橡皮膏，几天前受的伤至今未愈，"你别昏头，你才二十二岁！""怎样呢？他也不过才二十九岁！""不是他的年龄问题，你想想看，二十二岁当后母，是不是太年轻了！""只要楚楚能接受我……"灵珊的话没有说完，门外传来一阵敲门声，打断了她们姐妹间的谈话，张立嵩在外面直着脖子叫：

"两位小姐，今晚的座位有多贵，你们知道吗？再这样慢慢梳妆呵，把大好光阴就都耗掉了。你们难道不晓得一寸光阴一寸金吗？""来了！来了！"灵珍说，打开了房门，张立嵩正嬉皮笑脸地站在门外。"快走吧！"张立嵩说，"再晚一点，连计程车都叫不到了。"

灵珊无可奈何地站起身来，走到客厅里。刘思谦和刘太太都笑嘻嘻地站在那儿，望着自己的一双女儿。灵珍今天穿的是一套粉红色的衣服，灵珊却是一套鹅黄色的，两人都没穿大衣，灵珍拿着一条白色狐皮斗篷，灵珊却只用了条黑色掺金线的网形长披肩，两人并肩而立，真是人比花娇！刘太太笑得合不拢嘴，再看张立嵩和邵卓生，一个潇洒自如，另一个挺拔英俊，如果有这样一对女婿，倒也不枉生了这对女儿！她一直送到大门口来，善解人意地一再叮咛：

　　"玩久一点没关系，我知道耶诞节不过是给你们年轻人一个玩的借口，要玩就要尽兴，别记挂家里，妈妈不是老古板，回家晚了不会罚跪！""伯母，"张立嵩笑着说，"就是会罚跪，今晚也早不了，我们预备舞会散了之后，再去一个朋友家里闹个通宵！"

　　灵珊看了灵珍一眼，拉拉她的衣裾。"姐！"她低叫。"别急！"灵珍在她耳边说，"脚在你自己身上！"

　　走进电梯，灵珊下意识看看四Ａ的大门，门紧合着，门缝里透出了灯光。一时间，她真想跨出电梯，就这么留下来，管他什么耶诞节！管他什么中央酒店！管他什么订位没订位！管他什么扫帚星！可是，再看看灵珍，她知道人生有很多面子问题，你不能不顾全！今晚如果不去中央酒店，非大伤姐妹感情不可！

　　带着一千万种无可奈何，她跟着邵卓生他们走进了中央夜总会。一阵人潮和一阵喧嚣就像海浪般吞噬了她。每到耶诞节，她就会怀疑台北怎会有这么多人，而人人都会挤到夜总会里来！大厅中比平日多加了无数的桌子，依然有许多人在订位处争吵，他们从人群中挨挨擦擦地挤过去，好不容易才找到自己的座位，坐了下来，灵珊已经挤得一头一身的汗。

邵卓生拿了许多纸帽子、卷纸和无数五颜六色的纸带，分给大家。灵珊对舞池望去，黑压压的一片人海，乐队在奏着喧嚣的音乐，有个男歌星在台上半吼叫地唱着"美丽的星期天"。舞池里人头攒动，大家随着音乐的节拍翩翩起舞，许多不跳舞的客人也都鼓着掌打拍子，空气里洋溢着一片青春与欢乐的气息，更多的人在附和着那歌星，大唱"美丽的星期天"。一曲既终，大家就欢呼着把纸帽子和彩色纸条扔得满天飞。灵珊微笑了起来。这种狂欢的气氛是具有感染性的，灵珍已和张立嵩挤进舞池里，和那些狂欢的人群一同起舞。邵卓生不甘寂寞，戴着顶尖尖的高帽子，他拉着灵珊也挤进了舞池，灵珊看着他，本来个子高，再戴顶高帽子，更显得"鹤立鸡群"，灵珊一面舞动，一面暗中寻思，这扫帚星，穿上了礼服，外表还真很"唬"人呢！

一支曲子完了，一支又起。人越来越多，舞步也就越来越滑不开了。邵卓生挤着灵珊，只能随着人群"晃动"，算是"跳舞"。灵珊放眼望去，灵珍已在人群中失去踪迹。到处都是人头攒动，到处都是笑语喧哗，到处都是歌声人声……全台北都在欢笑里，全台北都在歌舞里，此时此刻，是不是也有人——斯人独憔悴？"灵珊！"邵卓生在她耳边吼，乐队的声音实在太响，她简直听不见。"什么？"她大叫着问。

"你姐姐碰到熟人了！"

"在哪儿？"她踮着脚，看不到。

"他们回到位子上去了。"

"我们也回去吧！"她叫着，"我已经一身大汗了，腿也跳酸了。"

"我舍不得过去。"他叫。

"为什么？"

"要杀出重围，等下再杀过来就不容易了。"

"我非回位子上去不可，我口干了！"

"我给你叫杯香槟！"

"你说什么？"她听不见。

"香槟！你要不要喝香槟？庆祝我们认识三周年！"

"三周年？我们已经认识三周年了吗？"

"怎么不是？三年前，也是圣诞舞会上认识的。"

"奇怪。"她低语。

"你说什么？"他弯腰去听她，一面带着她从人山人海中名副其实地"杀出去"。

"我说奇怪。"

"奇怪什么？"

"认识了三年之久，怎么还不如认识三个月的？可见，人与人之间的认识，仅仅靠时间是不够的，有时，一刹那间的沟通，胜过了数十年的交往。"她自言自语。

"你在说什么？我一个字也听不见。"邵卓生在她耳边吼。

"你不需要听见！"她高叫，"我说给我自己听！"

他们好不容易挤回了座位上，一眼看到，另一张桌子和他们的拼了起来。灵珍正兴高采烈地和另外两对青年男女谈笑，那两对青年男女大约来晚了，实在没位子，就和他们拼在一起。看到灵珊和邵卓生过来，灵珍回头对灵珊说："记得吗？这是阿江。"

灵珊看过去，一个黑黑壮壮的年轻人，嘴里衔着一支烟，果然是阿江！许多年不见，他还是带着几分流气，眉目之间，却比以前成熟多了，他怀中拥着一个圆圆脸，长得很漂亮的少女，那少女戴着假睫毛，妆化得十分浓艳，穿着件低领口的衣服，一看而知是个半风尘的女孩。阿江介绍说："灵珊，这是我的未婚妻，我叫她小红豆，你也叫她小红豆就可以了！""阿江，"灵珍笑着喊，"哪有这样介绍的？"

"怎么没有？"阿江笑着，"你越来越道学气！今晚咱们遇上了，彼此介绍一番，明天，就你走你的阳关道，我过我的独木桥，谁也不再记得谁了。要介绍得一清二楚干什么？"他再指着身边的一对年轻人，对灵珊说："这是陆超和阿裴。"

灵珊笑笑，在位子上坐下来。心想，灵珍这个耶诞节可热闹了，旧情人见面，不知心里有何感触！一面，她对那个陆超和阿裴点了点头。陆超？这名字似乎听过，但，这个姓和这名字原就很普通！她再看了一眼陆超，心里忽然一愣，这年轻人好面熟，他并不漂亮，却有张非常吸引人的脸孔。那陆超满头浓密而微卷的头发，浓黑的眉毛下是对深邃而若有所思的眸子，那下巴的轮廓和那嘴型，都非常非常熟悉。忽然，她明白过来，他长得像电影明星尤蒙顿，不漂亮，却有气质！连他那满不在乎和忧郁的神情都像尤蒙顿。她打量完了陆超，就转眼去看阿裴，这一看，她是真的怔住了。

如果说陆超有些面熟，这阿裴就更加面熟了，只是，挖空心思，她也想不出阿裴像什么电影明星。她斜靠在椅子里，眼光迷迷蒙蒙的。双眼皮，小嘴巴，白皙而细腻的皮肤，瘦削而动人的小尖下巴。除了淡淡地搽了点口红之外，她几乎没有化妆，整个脸都是干净而清灵的。和那个小红豆一比，她飘逸出群，竟像个不食人间烟火的仙子！怎么？灵珊有些儿心思恍惚，今夕何夕？居然有这么多出类拔萃的人物，都聚集一堂了。"灵珊！"邵卓生在她耳边叫，"你的香槟！"

她一惊，这呆子真的叫了香槟来了。不止一杯，他拿着整整一瓶。她接过杯子，周围的人声、音乐声、笑声，酒味、香水味、汗味……都弄得她头昏昏的，她啜了一口酒，又啜了一口。心里隐隐觉得有些不对劲，却不知道什么地方不对劲。"陆超，阿裴，"阿江叫，"你们不跳舞，我可要去跳舞了！"

陆超没有说话，只不耐烦地挥挥手。阿江就拉着小红豆挤进了舞池。同时，张立嵩也拖着灵珍去跳舞了。阿裴从手边的一个银色小手袋中取出一支烟，和一个小小的银色打火机，点燃了烟，她深吸了一口，喷出了烟雾，她的眼睛更加迷迷蒙蒙了。她抬眼去望陆超，眼光柔柔的，媚媚的，含情脉脉的。陆超斜睨了她一眼，什么话都没说，她就把自己手里的香烟，递进他嘴里。他衔了烟，自顾自地喷着，眼光望着舞池里的人潮。阿裴再点了支烟，她抽着，眼睛在烟雾下迷离若梦。灵珊目不转睛地看着她，像中了邪一样，只觉得她一举一动，无不柔到极处，媚到极处。别的女人抽烟，总给灵珊一种不很高贵的感觉，但是阿裴抽烟，却充满了诗情画意，好像那烟的本身都和她的人糅为一体，她就是那缕轻烟，飘飘袅袅的，若有若无的。"灵珊！跳舞吗？"邵卓生吼。

"不。"她大声说，呷着香槟，目光仍然停留在阿裴脸上，"阿裴，要香槟吗？"她问。

阿裴看她，对她淡淡一笑。邵卓生立刻递了个杯子给阿裴，注满杯子，邵卓生解释着："今晚是我和灵珊认识三周年！"

阿裴对灵珊举杯，拿杯子和灵珊的杯子轻碰了一下，她浅浅微笑，柔声说："庆祝三周年！"她的声音不大，但是，那样轻柔而富于磁性，竟然压住了满厅的人声、歌声、音乐声。灵珊脑中闪过了一道光芒，她紧盯着阿裴。阿裴穿了件银灰色的软绸衣服，宽宽的袖口，她一举杯，那袖口就滑到肘际，露出一截白皙的胳臂。灵珊再呷了口香槟。"阿裴，我见过你！"她说。

"哦？"阿裴挑挑眉毛，丝毫也不意外，"在什么地方见过我？""几天之前，在狄斯角。"灵珊说，"你在唱一支歌，一支很好听很好听的歌。"阿裴喷出一口烟来，微微一笑："是的，我在那儿唱了一星期。""今晚你不唱吗？""不唱！"她简单地说，"陆超不唱，我也不唱！""哦！"灵珊惊愕地望向陆超，原来他也是个歌星？陆超没有看她们，似乎对她们的谈话根本没听到，他的眼睛在舞池中搜索，神态有些寥落。

"你不知道陆超？"阿裴惊讶的，就好像在问，"你不知道尼克森？""我不太清楚，"灵珊颇以自己的孤陋寡闻为耻，

"我对娱乐圈一向不太熟悉。""他在野火合唱团当主唱。"阿裴说，"他也弹吉他，也打鼓，也会电子琴，他是多方面的天才。"

"哦!"灵珊再啜了口酒，对那"天才"望过去，天才没注意阿裴对他的赞许，天才满脸的不耐烦，天才心不在焉而神思不属。灵珊用手托着下巴，呆呆地出神，她不敢告诉阿裴，她甚至没听过什么"野火合唱团"。

阿裴一口干了杯中的酒，邵卓生立刻帮她再倒满，她抬眼看了邵卓生一眼，眼光也是柔柔的，媚媚的，她轻轻地说了句:"你叫什么名字?""邵卓生。"邵卓生慌忙说，想起他们似乎都不称名字，而称外号，他就又傻里傻气地加了句，"不过，大家都叫我扫帚星!""扫帚星?"阿裴一怔，立刻灿然而笑，她的牙齿细细的，白白的。灵珊初次了解为什么有"齿如编贝"这句成语。她轻轻摇头，一头如柔丝一样的长发飘垂在耳际。"你知道你很'靓'吗?"她问。"靓?"邵卓生愣愣地望着她。

"广东人说靓，就是漂亮，"她熄灭了烟蒂，又一口干了杯中的酒，邵卓生再帮她注满，"我说靓，是说你很醒目，很吸引人。""哦?"邵卓生傻傻地张着嘴，被恭维得简直有些飘飘然，没喝什么酒，似乎已经醉了。

灵珊看看邵卓生，看看阿裴，再看看那个"天才"，她也一口干了自己的酒。邵卓生正望着阿裴出神，完全忽略了灵珊的空杯子。灵珊用杯子碰碰邵卓生手中的酒瓶，邵卓生恍如梦觉，慌忙给她注满。她小口小口地啜着，目光却无法离开那个奇异的阿裴。"是谁提议到这儿来的？"忽然间，陆超开了口，他居然能开口说话，使灵珊吓了一跳，阿裴立即望向他，伸过手去，她用她那白的胳臂，揽住了他的脖子。"是阿江。"她细声地说。

"你不觉得这儿又乱又吵又无聊吗？"陆超说，皱起了眉头，"音乐不成其音乐，歌唱不成其歌唱，跳舞的人全在挤沙丁鱼，这有什么意思？""是的，很没意思。"阿裴柔声说，把酒杯放在桌上。扑过去，她用手指轻轻抚摸陆超的眉心，她的眼光温柔如水地停驻在陆超的脸上，好像整个大厅里的人全不存在似的，她用那磁性的声音，不高不低，不疾不徐地说："你又皱眉头了！你又不开心了！如果你不喜欢这里，你说去哪里，我就去哪里！"陆超把她的手掰了下来，坐远了一点，不耐烦地说："大庭广众，别动手动脚。"

"是的。"她轻轻说，声音低得几乎听不见，她的身子瑟缩地往后退了退，眼珠上就蒙上了一层淡淡的泪影，举起桌上的酒杯，她一仰而干。邵卓生像个倒酒机器，马上就倒酒。灵珊注视着她，没忽略掉她眼角沁出的两滴泪珠。

"我宁愿去华国！"陆超说。"那么，我们就去华国！"阿裴说。"算了！"陆超烦躁地用手敲着桌子，"华国的情况也不会比这儿好！""或者……"阿裴小心翼翼地说，"我们可以去阿秋家，她们家里，今晚通宵舞会！"

陆超的眼睛立刻闪出了光彩，他兴奋地看了阿裴一眼，马上又皱起了眉："你不是真心要去阿秋家！"他咬咬嘴唇，"你在惺惺作态！我讨厌你这种试探的作风！"

"我是真心！"阿裴慌忙说，说得又快又急，"如果不是真心，我就被天打雷劈！只要你喜欢，你去哪儿，我就去哪儿……"她忽然停了口，怔怔地望着他，泪珠在睫毛上盈盈欲坠。"或者……"她更加小心地说，"你不喜欢我陪你去？你要一个人去？"陆超似乎震动了一下，他瞪了她一眼，粗声说："别傻了！要去，就一起去！"

阿裴长长地吐出一口气来，立刻满面堆欢，好像陆超给了她一个天大的恩惠似的，她笑着说："等阿江他们一回来，我们就走！这儿只到十二点，阿江他们也会高兴去阿秋家！""唔！"陆超哼了一声，又望向舞池里的人潮。

舞池里，人山人海，大家依然跳得又疯又狂又乐。台上，有个歌星在高唱"圣诞钟声"。

灵珊一个劲儿地喝酒，她觉得自己已经着了魔了，被这个阿裴弄得着魔了。她从没看过一个女人能对男友如此低声下气而又一片痴情，也从没看过比阿裴更女性化的女人。她的头昏昏的，虽然是香槟，依旧使她整个人都变得轻飘飘昏沉沉起来。她握着杯子，对阿裴举了举，又对陆超举了举，喃喃地念着："寄语多情人，花开当珍惜！"

阿裴触电般抬起头来，瞪着她。灵珊和她对望着，然后，阿裴微笑了起来，笑得凄凉，笑得美丽。天！灵珊心里想着：怎会有如此媚入骨髓的人物！

"你居然记得我的歌，"阿裴感动地、叹息地说，"我裴欣桐交了你这个朋友！我们一起去阿秋家！"

裴欣桐？灵珊正喝了一口酒，顿时间，整口酒都呛进了她的喉咙里，她大咳起来。咳得喘不过气，咳得眼泪汪汪的，她看看阿裴，不，不，我醉了。她想着。醉得连话都听不清楚了，醉得连自己在什么地方都不知道了！她止住咳，抬眼凝视阿裴，问："你叫裴什么？""裴欣桐！"阿裴微笑着，"怎么，这名字很怪吗？这是我的本名，唱歌的时候，我叫裴裴。"

灵珊摇了摇头，又甩了甩头，不行！真的醉了，她想，是真的醉了，她眼前已经浮起好多个阿裴的脸，像水里的倒影，摇摇晃晃的。也像电视里的叠映镜头，同一张脸孔，四五个形象，出现在一个画面里，她讷讷地，喃喃地，口齿不清地说："你叫裴欣桐，欢欣的欣，梧桐的桐。"

"你怎么知道？"阿裴说，"一般人都以为，我的名字是心彤，心灵的心，彤云的彤？"

"哦，"灵珊恍惚地说，"你的名字是心灵的心？彤云的彤？"

"不，是欢欣的欣，梧桐的桐。"

灵珊倒向邵卓生怀里，傻笑着。

"扫帚星，你扶好我，"她把头埋在他衣服里，一直痴痴地笑，"我醉了。醉得以为死人都可以活过来了！我醉了，真——醉了。"

第十章

接下来的一切，是无数混乱的、缤纷的、零乱的、五颜六色的影子在重叠，在堆积。灵珊是醉了，但，并没有醉得人事不知。记忆中，她变得好爱笑，一直扑在邵卓生的身上笑。记忆中，她变得好爱说话，不停地在和那个阿裴说话。然后，他们似乎都离开了中央，她记得，邵卓生拼命拉着她喊："你不要去，灵珊，我送你回家！"

"不，不，我不回家！"她喊着，叫着，嚷着。她不能离开那个阿裴，所有朦胧的、模糊的意志里，紧跟着这个阿裴似乎是最重要的一件事。于是，他们好像到了另外一个地方，一栋私人的豪华住宅里。那儿有好多年轻人，有歌，有舞，有烟，有酒。她抽了烟，也喝了酒，她跳舞，不停地跳舞，和好多陌生的脸孔跳舞。下意识里，仍然在紧追着那个阿裴。

"阿裴，"她似乎问过，"你今年十几岁？你看起来好小好小。""我不小，我已经二十五了。""你绝对没有二十五！"

她生气了，恼怒地叫着，"你顶多二十岁！""二十五！"阿裴一本正经的，"二十五就是二十五！瞒年龄是件愚蠢的事！"二十五岁？她怎么可以有二十五岁？灵珊端着酒杯，一仰而尽，这不是那酸酸甜甜的香槟了，这酒好辛好辣，热烘烘地直冲到她胃里去，把她整个人都燃烧了起来。耳边，邵卓生直在那儿叹气，不停地叹气："灵珊！你今晚怎么了？你不能再喝酒了，你已经醉了。灵珊，回家去吧……""扫帚星，"她摇摇晃晃地在说，"这么多女孩子，你怎么不去找？为什么要黏住我？""我对你有责任。""责任？"她大笑，把头埋在他怀中，笑得喘不过气来，"不，不，扫帚星，这年头的人，谁与谁之间都没有责任。只有债务！""债务？灵珊，你在说什么？"

"你说过的，每个人都欠了别人的债！"她又笑，"你去玩去！去追女孩子去！我不要你欠我，我也不想欠别人！你去！你去！你去！"邵卓生大概并没有离去，模糊中，他还是围绕着她转。模糊中，那宴会里有个女主人，大家叫她阿秋。阿秋可能是个有名的电影明星或歌星，她穿着一件紧身的、金色的衣服，款摆腰肢，像一条金蛇。那金蛇不断地在人群中穿梭、扭动，闪耀得灵珊眼花缭乱。眼花缭乱，是的，灵珊是越来越眼花缭乱了，她记得那儿有鼓有电子琴有乐队。她记得陆超后来奔上去，把全乐队的人都赶走，他在那儿又唱又打鼓又弹琴，一个人在乐器中奔跑着表演。她记得全体的人都呆了，静下来看他唱独角戏。她记得到后来，陆超疯狂地打着鼓，那鼓声忽而如疾风骤雨，忽而如软雨叮咛，忽而如战鼓齐鸣，忽而又如细雨敲窗……最后，在一阵激烈的鼓声之后，陆超把鼓棒扔上了天空，所有的宾客爆发了一阵如雷的掌声，吆喝，喊叫，纸帽子和彩纸满天飞扬。然后，一条金蛇扑上去，缠住了陆超，吻着他的面颊，而另一条银蛇也扑上去，不，不，那不是银蛇，只是一阵银色的微风，轻吹着陆超，轻拥着陆超，当金蛇和陆超纠缠不清时，那银色的微风就悄然退下……怎么？微风不会有颜色吗？不，那阵微风确实有颜色。银灰色的！银灰色的微风，银灰色的女人，银灰色的阿裴！

银灰色的阿裴唱了一支歌，银灰色的阿裴再三叮咛：寄语多情人，莫为多情戏！那条金蛇也开始唱歌，陆超也唱，陆超和金蛇合唱，一来一往的，唱西洋歌曲，唱"夕阳照在我眼里，使我泪滴"；唱流行歌曲，唱"你的眼睛像月亮"；唱民谣，唱"李家溜溜的大姐，爱上溜溜的他哟"！

歌声、舞影、酒气、人语……灵珊的头脑越来越昏沉了，意志越来越不清了，神思越来越恍惚了。她只记得，自己喝了无数杯酒，最后，她扯着阿裴的衣袖，喃喃地说："你的眼睛像月亮！像月亮！"

"像月亮？"阿裴凝视着她，问，"像满月？半月？新月？眉月？上弦月？还是下弦月？"眼泪从月亮里滴了下来，她扑在沙发上哭泣："我是一个丑女人！丑女人！丑女人……"

"不，不，你不丑！"灵珊叽里咕噜地说着，舌头已经完全不听指挥，"冰肌玉骨，自清凉无汗！你像花蕊夫人，花蕊夫人怎么会丑？不，不，你不是花蕊夫人，你是她的灵魂！

灵魂！你相信死人能还魂吗？你相信吗？……"

她似乎还说了很多很多话，但是，她的意识终于完全模糊了，终于什么都不知道了。

醒来的时候，她躺在床上。脑子里，那些缤纷的影像：金蛇、银蛇、陆超、歌声、月亮、夕阳……都还在脑海里像车轮般旋转。可是，她的思想在逐渐清晰，微微张开眼睛只觉得灯光刺眼，而头痛欲裂。在她头上，有条冷毛巾压着，她再动了动，听到灵珍在说："她醒了。"灵珊勉强地睁开眼睛望着灵珍，灵珍的脸仍然像水里的倒影，晃晃悠悠的。"我在什么地方？"她模糊地问。

"家里。"是刘太太的声音。灵珊看过去，母亲坐在床沿上，正用冷毛巾冰着她的额头。刘太太满脸的担忧与责备，低声说："怎么会醉成这样子？你向来不喝酒的。虽然是耶诞节，也该有点分寸呀！""邵卓生真该死！"灵珍在骂。

灵珊看看灯光看看灵珍。"是邵卓生送我回来的吗？"她问。

"除了他还有谁？"灵珍说，"他说你发了疯，像喝水一样地喝酒！灵珊，你真糊涂，你怎么会跟阿江他们去玩？你知道，阿江那群朋友都不很正派，都是行为放浪而生活糜烂的！你看！仅仅一个晚上，你就醉成这副怪样子！"

灵珊望着灯沉思："现在几点钟？""二十五日晚上九点半！"灵珍说，"你是早上六点钟，被扫帚星送回来的！我看他也醉了，因为他叽里咕噜地说，你迷上了一个女孩子！"灵珊的眼睛睁大了。"那么，"她恍恍惚惚地说，"我并没有做梦，是有这样一个女孩，有这样一个疯狂的夜晚了！"

"你怎么了？"刘太太把毛巾翻了一面，"我看你还没有完全醒呢！""姐，"她凝神细想，"昨晚在中央，有没有一个阿裴？"

"你说阿江的朋友？我不知道她叫什么，我记不得了。我只知道我和立嵩跳完一支舞回来，你们都不见了。我还以为你们也去跳舞了呢，谁知等到中央打烊，你们还是没有影子，我才知道你们跟阿江一起走了。"她对灵珊点点头，"还说要十二点以前赶回来呢！早上六点钟才回来，又吐又唱，醉到现在！"灵珊凝视着灵珍，忽然从床上坐起来。

"我要出去一下。"刘太太伸手按住她："去哪儿？"刘太太问，"去四A吗？去韦家吗？"

"妈！"灵珊喊，头晕得整个房子都在打转，眼前金星乱进，"你……你怎么知道？"她无力地问。

"有什么事你能瞒住一个母亲呢？"刘太太叹口气，紧盯着女儿，"何况，他下午来过了！"

"哦！"她大惊，瞪着母亲，"你们谈过了？"

"谈过了。"

"谈些什么？"刘太太看了她一眼，"没有什么。大家都是兜着圈子说话，他想知道你的情形，我告诉他，你疯了一夜，现在在睡觉。他的脸色很难看，坐了一会儿就走了。"灵珊用牙齿咬住嘴唇，默然发呆。半晌，她伸手把额上的毛巾拿下来，丢在桌上，她勉强地坐正身子，依旧摇摇晃晃的，她的脸色相当苍白。

"妈，"她清晰地说，"我必须过去一下。"

"灵珊，"刘太太微蹙着眉梢，"你要去，我无法阻止你，也不想阻止你。只是，现在在已经很晚了，你的酒也没完全醒。要去，等明天再去！""不行，妈妈！"她固执地说，"我非马上去不可！否则，我的酒永远不会醒！""你在说些什么？"刘太太不懂地问。

"妈，求你！"灵珊祈求地望着母亲，脸上有种怪异的神色，像在发着热病，"我一定要去和他谈谈，我要弄清楚一件事！妈，你让我去吧！""你站都站不稳，怎么去？"刘太太说。

"我站得稳，我站得稳！"灵珊慌忙说，从床上跨下地来，扶着桌子，她刚站起身，一阵晕眩就对她袭来，她的腿一软，差点摔下去，灵珍立即扶住了她。她摇摇头，胃里又猛地往上翻，她一把蒙住嘴，想吐。刘太太说："你瞧！你瞧！你还是躺在那儿别动的好！"

灵珊好不容易止住了那阵恶心的感觉。"妈，"她坚决地说，"我一定要去，我非去不可，否则，我要死掉！""灵珊！"刘太太叫。"妈，"灵珍插了进来，"你就让他们去谈谈吧！你越不让她去，她越牵肠挂肚，还不如让她去一下！"她看着灵珊："我送你过去！只许你和他谈两小时，两小时以后我来接你！不过，你得先把睡衣换掉！"

灵珊点头。于是，刘太太只好认输，让灵珍帮着灵珊换衣服，穿上件浅蓝色的套头毛衣和一件牛仔裤。灵珊经过这一折腾，早已气喘吁吁而头痛欲裂，生怕母亲看出她的软弱而不放她过去，她勉强地硬挺着。灵珍牵着她的手，走到客厅，刘思谦愕然地说："你醉成那样子，不睡觉，起来干吗？""我已经好了！"她立刻说。"这么晚了，还出去？"

"我知道二姐的秘密！"灵武说，"整个晚上，翠莲和阿香忙得很！""翠莲和阿香？"刘思谦困惑地望着儿子，"什么意思？""什么意思？"刘太太走出来，叹口气说，"女儿大了，就是这个意思！"灵珊扯扯灵珍的衣袖，就逃难似的逃出了大门。灵珍扶着灵珊，走到四Ａ的大门，按了门铃，开门的是韦鹏飞。灵珍把灵珊推了进去，简单明了地说："我妹妹坚持要和你谈一下，我把她交给你，两小时以后，我来接她！"说完，她掉转身子就走了。

灵珊斜靠在墙上，头发半遮着面颊。她依然头昏而反胃，依然四肢软弱无力。韦鹏飞关上房门，深深地看了她一眼，就一语不发地把她横抱起来，她躺在他胳膊上，头发往后披泻，就露出了那张清灵秀气，略显苍白的脸孔，她的眼珠黑幽幽地闪着光，黑幽幽地瞪视着他。

"为什么？"他低问，"阿香说你喝醉了，醉得半死。为什么？你从来不喝酒。"他把她横放在沙发上，用靠垫垫住了她的头，跪在沙发前面，他用手抚摸她的面颊，他的声音温柔而痛楚："你跟他一起喝酒吗？那个扫帚星？他灌醉了你？"

她摇摇头，死死地看着他。

"不是他灌醉你？是你自己喝的？"

她点头。"为什么？"她的眼光直射向他，望进他的眼睛深处去。

"问你!"她说。"问我?"他愕然地凝视着她,伸手摸她的额,又摸她的头发,她的面颊和她的下巴,他的眼光从惊愕而变得怜惜,"你还没有清醒,是不是?你头晕吗?你口渴吗?胃里难过吗?我去给你拿杯冰水来!"她伸手扯住了他的衣服。

"不要走开!"她命令的。

他停下来,注视她。在她那凌厉而深沉的眼光下迷惑了,他怔怔地望着她。"我见到她了!"她哑声说,嘴唇上一点血色也没有了,她的身子开始微微发颤。他抓住了她的手,发现那手冷得像冰。"我见到她了!""谁?"他问。"大家都叫她阿裴,她穿一件银灰色软绸的衣服,像一阵银灰色的风。"她的声音低柔而凄楚,手在颤抖,"为什么骗我?为什么?她在那儿,她唱歌,她纤瘦而美丽……"她死命拉住他:"你说她死了!死人也会还魂吗?你说——她死了!死人也会唱歌吗?"他仿佛挨了重重一棒,脸色在一刹那间变得惨白,他立即蹙紧了眉头,闭上了眼睛,身子晃了晃,似乎要晕倒。片刻,他睁开眼睛来,他用双手把她的手合住,他的眼睛里闪着深切的悲哀和极度的震惊与惨痛。

"你说你见到了她?"他哑声问,"欣桐?"

"是的,欣桐。"泪水涌了上来,她透过那厚厚的水帘,望着他那变色的脸。"裴欣桐!她是姓裴吗?是吗?那么,真的是她了?不是我在做梦?不是我在幻想……对了!"她想坐起来,"你有一张她的照片,我要看那张照片!"

他用手压住了她，他的眼睛一眨也不眨地望着她。

"不要看！"他说，"那张照片已经不在了。"

她微张着嘴，嘴唇在轻颤。

"那么，确实是她了？"她问。

"是她。"他低声地、痛楚地、惨切地说，"是的，是她！我并没有骗你，灵珊，我从来没有说她死了，我说过吗……"他凝视她，眉头深锁："我只说，她离我而去了，她确实离我而去了。我告诉你……"他咬牙，额上的青筋凸了起来，太阳穴在跳动，他的呼吸变得急促而不稳定，"我好几次都想说，好几次都想告诉你，但是，我怎么开口？灵珊？我怎样去说。我太太遗弃了我，她变了心，跟一个合唱团的鼓手私奔了？你叫我怎么说？在我认识你的时候，我已经对自己一点自信都没有了！我恨女人，我仇视女人，我也怕女人！我想爱，又不敢爱！只因为……只因为那一次恋爱，已经把我所有的自尊和感情都撕得粉碎了。灵珊，你说我骗你，我不是骗你，我是宁可相信她死了，宁可让你也以为她死了。我没有勇气承认自己的失败，我——不是骗子，而是懦夫！"

灵珊眨动着睫毛，泪珠从眼角滚落，她的眼睛变得又清又亮又澄澈，她看着他，看了好久好久，然后，她用胳膊环抱过来，抱住了他的头，她把他拉向自己怀里，用手抚摸着他那一头浓发，她急促地说："别说了！别说了！别再说了！"

"不！"他挣扎开来，抬起头，他面对着她，"既然说了，你就让我说完！人生没有永久的秘密，世界很小，一个圈子兜下来，谁都碰得到谁。我猜到你可能遇见她，她一直在歌厅和娱乐界混。你遇到她时，她一定和那个鼓手在一起了？"

她不语，只是默默地望着他。

"这是个残忍的故事，灵珊。"他咬牙说，"你看过《爱桐杂记》，应该知道我对她的那份感情。我从国外回来的时候，她已经跟那个鼓手私奔了，甚至，丢下了才两岁大的楚楚。你知道我做了些什么，我找到了她，我请求她，哀求她，抹杀了所有的自尊，我一次又一次地恳求她回来！只要她回来，我不究以往，只要她回来，我牺牲什么都可以！我那么爱她，爱得连恨她都做不到，怨她都做不到！她不肯，说什么都不肯回来，即使如此，我还是写下了《爱桐杂记》，不恨她，不怪她，我只恨自己为什么没有把她保护好，为什么要出国？而她——"他深吸了口气："她要求离婚，她告诉我，生命、财产、名誉、孩子……她都可以不要，在这世界上，她只要一个人——那个鼓手！"他坐在沙发前面，用手支着头，手指插在头发里。

"有一段时间，我痛苦得真想自杀！后来，我终于弄清楚，我是彻彻底底失去她了，再也挽不回她的心了，我的纠缠只让她轻视我、鄙视我！她亲口对我说过：如果你是个男子汉，就该提得起，放得下，这样纠缠不清，你根本没出息！"

他咽了一下口水，眼睛因充血而发红。灵珊抚摸着他的胳膊，祈求地低语："够了！别再说了！""我签了离婚证书，签完字的那一天，我喝得酩酊大醉，那晚，我在一个妓女家中度过。从此，白天我上班工作，下了班我就是行尸走肉！我酗酒，我堕落，我始终站在毁灭的边缘，耳朵边始终响着她的话：我没出息。我是没出息，连一个太太都保不住，我不是男子汉，我不配称为男子汉……""够了！"她再说，"求你别再讲下去！""她纤小娇弱，"他说出了神，仍然固执地说下去，"却说得那么残忍，她永不可能了解，她把我打进了怎样一个万劫不复的地狱里……""我听够了！"灵珊喊，用手蒙住了耳朵，"别再说了！请你不要说了！"她从沙发上跳了起来，站在那儿："除非她现在还活在你心里！除非你从没忘记过她！除非你心里根本没有我……"她的头里掠过一阵剧烈的晕眩，隔夜的宿醉仍然袭击着她，她站立不稳，身子向前猛然栽过去。

"灵珊！"他惊喊，伸手一把抱住了她，"你怎么了？你不舒服吗？灵珊！你怎样了？"

她顺势倒进了他怀里，她的头埋在他胸前。

"我不舒服，我很不舒服。"她呻吟着。

"你躺好，我去拿杯水！"他急急地说。

她死命抱住他。"我不需要水，"她说，"我只要问你一句话。"

"什么话？"她把脸藏在他怀里。"你——"她低语，"有勇气再接受一次挑战吗？"

"什么挑战？"

"再结一次婚！"他有片刻无法呼吸，然后，他掰开她的脸，让她面对自己，她那苍白的面颊已被红晕染透，眼光是半羞半怯的，蒙蒙眬眬的。他闭了闭眼睛长长地吸了口气，就虔诚地把嘴唇紧贴在她的唇上了。

第十一章

在刘家，这是一次极严重的家庭会议。

晚餐之后，大家都坐在客厅里，刘思谦、刘太太、灵珍、灵珊，连十六岁的灵武都列席了。灵珊深靠在沙发中，只是下意识地啃着大拇指的指甲。刘思谦背着双手，在房间里走来走去，像个演员在登台前要背台词似的。灵珍和灵武都默不开腔，室内好安静。最后，还是刘太太一语中的，简单明了地说："灵珊，凭几个月的认识，就冒昧地决定婚姻大事，是不是太快了？""我觉得这不是时间问题，"灵珊仰起头来，清晰地说，"认识一辈子，彼此不了解，和根本不认识一样。如果彼此了解，哪怕只认识几天，也就绰绰有余了。"

"你知道，婚姻是……"刘思谦开了口。

"婚姻是个赌博！"灵珊冒冒失失地接话。

"什么意思？"刘思谦问。

"爸，"灵珊正视着父亲，一脸的严肃与庄重，她诚挚地说，"你不觉得，婚姻就是个大赌博吗？当你决定结婚的时候，你就把你的幸福和未来都赌进去了，每个参加赌博的人，都抱着必赢的信心，但是，仍然有许多人赌输了！爸，你和妈妈是赌赢了的一对，像高家伯伯和伯母就是赌输了的一对。婚姻要把两个背景不同，生活环境不同的人硬拉在一起去生活，本身就是件危险的事！"刘思谦站住了，呆呆地望着灵珊。

"没想到，你对婚姻还有一大套参悟呢！"他愣愣地说，"既然知道危险，你也要去冒险吗？"

"知道危险就退避三舍，那不是你教我们的生活方式！"灵珊望着父亲。

"算了，算了！"刘思谦说，"你别把我搅糊涂，跟我玩绕弯子的游戏！我们在讨论的是你的婚事，是吗？"

"是的！"

"你承认你如果嫁给韦鹏飞，是件危险的事？"

"爸，我是说婚姻是件危险的事。换言之，我嫁给任何人都很危险。但是，嫁给韦鹏飞，是危险最少的！"

"为什么？"

"因为我爱他！"

"灵珊，"刘太太忍无可忍地插进来，"爱情这件事，并不完全可靠，你知道吗？""我知道。"灵珊坦白地说，"可能比你们知道的都更深刻。"她眼前浮起了那本《爱桐杂记》，浮起了阿裴，浮起了陆超，又浮起了那条媚人的金蛇："以前，我总以为爱人们一旦相爱，就是件终生不渝的事。现在，我了解，爱情也可能转移，要做到终生不渝，需要两个人充满信心，去不断培养。爱情是最娇嫩的花，既不能缺少阳光也不能缺少水分，还要剪草施肥，细心照顾。"

"哦!"刘太太张口结舌，看了看刘思谦，"看样子，她懂得的比我们还多呢!""我听不懂什么阳光啦，水分啦!"灵武忽然插嘴说，"二姐，简单一句话，你要去当那个韦楚楚的后母吗?"

灵珊怔了怔："也可以这么说。"

"你不用赌了，"灵武说，"你一定输!"

"何以见得?"灵珊认真地看着灵武，并不因为他是个粗枝大叶的小男孩，就忽略他的意见。

"这还不简单，"灵武耸了耸肩，"你说婚姻是个赌博，别人的婚姻是一男一女间的赌博，你这个赌博里还混了个小魔头，这个小魔头呵……"他没说下去，那副皱眉咧嘴的怪样就表明了一切。"还是小弟说得最中肯!"灵珍拍了拍沙发扶手，一副"深中我心"的样子，"灵珊，你或许能做个好太太，但是，我绝不信你能做个好后母!"

"楚楚很喜欢我……"灵珊无力地声辩。

"没有用的!"灵珍说，"你又不是没念过幼儿心理学!这种自幼失母的孩子最难教育，你现在是她的阿姨兼老师，她听你，等你当了她的后母，她就会把你当敌人了!你信不信?"

"姐，"灵珊懊恼地喊，"就是你这种论调，使很多女人听了都裹足不前!你难道不明白，这种孩子也需要母亲吗?"

"真正的母亲和后母毕竟是两回事！"刘太太慢吞吞地说，"有一天，你也会生孩子，你有没有想过，你的孩子和楚楚之间会不会有摩擦？到时候，你偏袒哪一个？"

"我可没想那么远！"灵珊烦躁地说。

"你知道婚姻是个一生的赌博，而你不去想那么远？"刘太太紧追着问，"我听阿香说，楚楚死去的母亲很漂亮……"

"她母亲并没有死！"灵珊静静地接话。

"什么？"刘太太吃了一惊，"没死？"

"没死。她只是和鹏飞离婚了，孩子归父亲。"

室内一下子安静了下来，大家都面面相觑，默然不语，每人都在凝思着自己的心事。好半晌，刘思谦冷冷地说了一句：

"原来他已经赌过一次了。"

"是的，"灵珊清脆地说。坚定地迎视父亲，她的脸色微微地泛白了，"他赌过一次，而且输了！我选择了一个有经验的赌徒，输过一次，就有了前车之鉴，知道如何不重蹈覆辙！""所有倾家荡产的赌徒，都有无数次赌输的经验！"刘思谦说。灵珊猛然从沙发里站了起来，板着脸，冷冰冰地说："你们不用再说了，我已经很了解你们的意思了。我们这个家，标榜的是民主，高唱的是自由，动不动就说儿女有选择自己婚姻的权利！可是，一旦事情临头，我们就又成了最保守最顽固最封建的家庭！稍微跨出轨道的人我们就不能接受，稍稍与众不同的人我们也不能接受！"她高昂着下巴，越说越激动，她眼里闪烁着倔强，声音冷漠而高亢，"你们反对这件事！你们反对韦鹏飞，只因为他离过婚，有个六岁大的女儿！你们甚至不去设法了解他的为人、个性、品德及一切！你们和外公外婆没什么两样，一般父母会犯的毛病，你们也一样会犯……"

"灵珊！"灵珍喊，"你理智一点，爸爸妈妈如果是一般的父母，就不允许你这样说话！"

"二姐，"灵武傻傻地说，"你为什么要把事情弄得这么复杂？"

"我怎么弄得复杂了？"灵珊恼怒地叫。

"你找一个又离过婚，又有女儿的男朋友干吗？那个扫帚星不是很好吗？他最近越变越可爱，上星期送了我一套葛雷坎伯尔的唱片……""混球！"灵珊气极，红了脸骂，"人家给你几张唱片，你就把姐姐送人吗？原来，你二姐只值几张唱片！"她再看向父母，眼睛里已滚动着泪珠："爸爸，妈妈！随你们怎么办，随你们怎么想，我已经打定了主意。我可能是看走了眼，我可能是愚昧糊涂，我可能是自找苦吃，但是，不管怎样，我嫁定了韦鹏飞！"说完，她转过身子，对大门外就冲了出去。刘太太追在后面，急急地喊："灵珊！灵珊！你别跑，我们再商量！"

"妈，你别急，"灵珍说，"反正她走不远！"

刘太太会过意来，禁不住长叹了一声。瞪着刘思谦，她忽然懊恼地说："都是你！都是你！""怎么怪我？"刘思谦愕然地说，"民主哩，自由哩，开明哩，这些思想都是你灌输的！怎么来怪我？"

"我怪你——怪你为什么要搬到大厦来住!"刘太太没好气地说,"这种房子像旅馆一样,门对着门……"

"这才叫门当户对哩!"灵武愣头愣脑地接了一句。

刘思谦忍不住就笑了起来。

"你笑?"刘太太睁大了眼睛,"女儿给人家骗去了,你还好笑呢!"刘思谦深思地看着太太。

"你知不知道,"他沉吟地说,"你这句话,和你母亲当初说的一模一样?她指着我的鼻子骂,说我把你骗走了。"

刘太太一愣,就怔怔地发起呆来了。

正像灵珍所预料的,灵珊冲出大门后,就直接奔向四A。人,在受了委屈之后,总是本能地去找自己最心爱的人。门开了,阿香笑吟吟地站在门口,一见到她,就更加笑逐颜开:"二小姐,你坐。先生刚刚打电话回来,说是会还没有开完,要九点钟左右才能回来。"

灵珊愣了愣,这才想起,韦鹏飞早上就告诉了她,今晚董事长请客,研究如何增加生产量的问题,可能要晚一点回家。见不到韦鹏飞,她心里的疙瘩就更重了,慢吞吞地走进室内,她有说不出的沮丧和说不出的难受。明知韦鹏飞马上就会回来,她依旧遏止不住心中那份强烈的失望。

楚楚正坐在沙发上看电视,回头看到灵珊,她立刻高兴地叫着说:"阿姨,为什么小蜜蜂要到处找妈妈?"

灵珊心中怦地一跳,楚楚这句无心的问话好像有意地击中了她的心事,她走了过去,在楚楚身边坐下来。下意识地看了看电视,小蜜蜂没有妈妈,小蜜蜂飞来飞去,到处在找妈妈，小蜜蜂的声音不停地嚷着：妈妈，你在哪里？妈妈，我好想你！妈妈，你快回来！妈妈，我要跟你在一起！灵珊伸出手去，猛地关掉了电视。

"阿姨？"楚楚诧异地回过头来。

灵珊把楚楚揽在怀里，用手指梳着她的头发，亲昵地、宠爱地低语："头发长长了，到夏天就可以梳辫子了！"

阿香捧了一杯茶过来，把茶放在桌上，她笑嘻嘻地看着灵珊和楚楚，心无城府地说：

"楚楚，你就快有妈妈了！"

"我妈死啦！"楚楚说，脑袋偎紧在灵珊怀里，"我奶奶说，我妈早就死啦！""妈妈死了，不可以另外找个新妈妈吗？小傻瓜！"阿香看着灵珊，嘻嘻一笑。"阿香！"灵珊阻止地喊，"别胡说！"

"是，小姐。"阿香转身就往厨房后面跑，去找翠莲和隔壁的阿巴桑聊天去了。有灵珊在，她就自己放自己的假，理所当然地把楚楚交给了灵珊。

"阿姨，"楚楚用胳臂勾着灵珊的脖子，好奇地说，"什么叫新妈妈？"灵珊心中一动，把楚楚抱在膝上，她仔细地打量着这孩子，那眉毛、那眼睛、那小尖下巴……她长得很像阿裴！灵珊吸了口气，深思地、婉转地、小心翼翼地说："楚楚，你还记得你的妈妈吗？"

楚楚摇了摇头。"本来，爸爸有一张妈妈的照片，后来不见了！"楚楚天真地说，"我妈妈很漂亮，像白雪公主一样！"

是啊，阿裴离开楚楚的时候，韦鹏飞还在国外，楚楚只有两岁，那么，韦鹏飞出国的第二年，阿裴就已弃家而去了，怪不得那个祖母要说她死了。奇怪的是，阿裴居然忍耐得住，不来寻找楚楚，这样咫尺天涯，她竟然宁可母女不见面！那阿裴也真狠得下心！"楚楚，"灵珊抚摸着那孩子的头发，情不自禁地试探了起来，"你想不想要一个新妈妈？"

"新妈妈？"楚楚歪着头，望着灵珊笑，"什么叫新妈妈？"

"你爸爸再结婚，你就有一个新妈妈！她会爱你、疼你、宠你，给你买新衣服，带你去儿童乐园玩，教你读书写字，唱歌给你听……"楚楚天真地看着她，猛烈地摇起头来。

"不！不！不要！我不要新妈妈！"

"为什么？"

"阿姨，你也会唱歌给我听，你也带我玩，你也买新衣服给我穿，我为什么还要新妈妈？"

灵珊禁不住红了脸，心想，下面的话是真说不出口了。怎样大方，她也问不出一句："你愿不愿意我当你的新妈妈？"楚楚好奇地瞪视着灵珊，忽然间，她那小小的心灵像有扇门打开了，她的眼睛睁得大大的，细声细气地、清清脆脆地说："我知道了，你是说，我爸爸要娶后娘！"

灵珊出神地望着她，还来不及说话，楚楚就猛然抱紧了灵珊的脖子，恐怖地、尖锐地叫了起来："阿姨，我不要后娘，我不要后娘！白雪公主就有后娘，她的后娘叫人去杀她！阿姨，我不要！你去对爸爸说，我不要后娘！"

"楚楚！楚楚！"灵珊心慌意乱地抱紧她，拍抚着她的背脊，一迭连声地说："别叫！别叫！楚楚！"

楚楚放松了手臂，看着她的脸。

"阿姨，爸爸会娶后娘吗？"她问，眼睛里充满了惊惧的神色，好像她自己被后娘虐待过似的。

"楚楚，"她勉强地说，"并不是每个后娘都很凶，并不是后娘都会虐待……""不要！"楚楚尖声大叫，"你骗我！你骗我！我不要后娘！不要！不要！"她跺脚，拼命地摇头，把头发摇得满脸都是。许久以来，在她身上早已敛迹的暴戾之气，又在一刹那间都爆发了。眼泪夺眶而出，她大吼大叫："我不要！我不要！我不要……""好好好，不要！不要！"灵珊慌忙说，手足无措地把她拥进怀里，"别耍孩子，没人要虐待你，没人要欺侮你，别耍孩子！"她的鼻子酸楚，喉咙哽塞，"你不要，就不要！别人即使能违背父母，也无法违背你！你不要，就不要！"

楚楚在她怀中搓着揉着，眼泪揉了她一身。好一会儿，那个孩子才稳定了下来，平静了下来。挣脱了她的搂抱，楚楚看着她："阿香没来我家之前，有个阿巴桑带我。"她说，大眼睛里泪痕犹存，恐怖之色依然写在她脸上，"她每天对我说，我是短命鬼，将来爸爸一定会娶一个后娘，把我每天吊起来打一百次，把我剁碎了喂狗吃，喂猪吃，喂猫吃……"

灵珊打了个冷战，惶惑地看着楚楚。

"她为什么要这样说？"她问，"你一定很坏，很不乖，她故意说这些话来吓你！楚楚，不是这样的……"她感到自己的声音好无力，好软弱："她故意吓你，后娘也有好的，像……像……像阿姨这样的……"

"不！"楚楚斩钉截铁地说，眼睛里闪着奇异的光，注视着灵珊，"阿姨，后娘都很坏，很坏！我会唱一首歌，是另外一个阿巴桑教我的。"

"什么歌？"她瞪视着她，心中越来越瑟缩，越来越畏怯。她知道楚楚家里，三天两头换用人，实在猜不到，这些人都灌输了她一些什么思想。

"我唱给你听！"楚楚说，眼光直视着灵珊，她的声音是软软的童音，她一定有她母亲的遗传，歌唱得婉转动人，而且有种凄凄凉凉、悲悲切切的韵味：

> 小白菜呀，地里黄呀，
> 两三岁呀，没了娘呀！
> 跟着爹爹，好生过呀，
> 只怕爹爹，娶后娘呀！
> 娶了后娘，三年半呀，
> 生个弟弟，比我强呀！
> 弟弟吃肉，我喝汤呀，
> 端起碗来，泪汪汪呀！
> ……
> 亲娘想我，谁知道呀，
> 我想亲娘，在梦中呀！
> 桃花开花，杏花落呀！
> 想起亲娘，一阵风呀！
> 亲娘呀，亲娘呀！

她唱完了，默默地看着灵珊，灵珊是完全怔住了。从不知道她会唱这么长的歌，而且唱得这么完整。她呆望着楚楚，所有的意志、思想、决定……都被楚楚的歌声敲碎了。她觉得再也没有信心，再也没有梦想，再也无法把握自己的方向和意志了。因此，这晚，当韦鹏飞回家的时候，他就看到灵珊一个人呆呆地坐在沙发中，头仰靠在沙发背上，眼睛里充满了凄惶，脸庞上布满了无助。孤独地、悲凄地、落寞地、软弱地靠在那儿。韦鹏飞走了过去，俯身凝视她。

　　"怎么了？"他问。

　　"我好累。"她低声说。

　　"好累？你做了些什么？"

　　"我的父母，你的孩子！"她喃喃地说，把头靠在他肩上，"他们是两块大石头，我在他们的夹缝里，推不动石头，我——好累！"他用胳膊环绕着她，轻轻地拥住了她，虽然不能完全清楚她在说些什么，但是，那暗示的意味却很明白。他坚定地、恳切地、爱怜地说："如果有大石头，也是我们两个人的，你不可以一个人推，你太瘦太小，让我们一起来推，好吗？"

第十二章

　　雨季来临了。台北的冬天和春天都是湿漉漉的。整天整晚，那蒙蒙细雨无边无际地飘飞，阴冷的寒风，萧萧瑟瑟地掠过山头、掠过原野、掠过城市、掠过街边的尤加利树，一直扑向各大厦的窗棂。灵珊在这一段时期里很安静，很沉默，像一只蛰伏着的昆虫，随寒冷的天气冬眠起来。她不再和父母争辩婚事，甚至，避免再去提到它。在她内心深处，那瘦瘦小小的孩子，像座山般横亘在她的面前，这份阻力比父母的阻力更强。她第一次体会到自己的脆弱，她竟说服不了一个孩子。春天来临的时候，灵珊已患有淡淡的忧郁症，她变得多愁善感而郁郁寡欢。学校放了一个月寒假，又再度开学了。灵珊照旧上课下课，带着孩子们做游戏。下课回家之后，她常倚窗而立，沉思良久。灵珍冷眼旁观，私下里，对父母说："灵珊在和我们全家冷战！"

　　事实上，灵珍的话只说对了一半，与其说她在冷战，不如说她斗志消沉。主要还有个原因，韦鹏飞在过春节的时候，带楚楚回了一趟南部。回来后，楚楚就整个变了，她对灵珊充满了敌意，异常冷漠。她又成了一只备战的刺猬，动不动就竖起了她满身的尖刺，准备奋战。当灵珊好言询问的时候，她只尖声地叫了一句：

"我奶奶说，你要做我的后娘，我讨厌你！"

将近半年的说服工作，忽然一下子就完全触了礁。无论灵珊如何温言细语，那孩子只是板紧了脸，恶狠狠地盯着她，尖声大叫："你不要碰我，你碰我我就咬你！"

有好几次，她真想再捉住这孩子，给她一顿责罚。可是，自从有婚姻之想，她竟不敢去责骂这孩子了。她怕她！在这种畏怯的情绪里，一味的退让竟适得其反，楚楚越来越无法无天，越来越蛮横，越来越对灵珊没礼貌。甚至，她已经懂得如何去欺侮灵珊。每当她和灵珊单独相处，就会细声细气地说："阿姨，我好想好想我的妈妈呵！如果她不死就好了！她是世界上最美丽的女人！"

灵珊看着她那张慧黠的小脸和那狡狯的眼神，明知她说的是谎话，明知她对生母绝无印象，明知她安心要气她，她仍然觉得刺耳刺心而六神无主。

灵珊消沉下去了。在这段时间里，韦鹏飞却忙得天昏地暗，自从春节以后，旭伦的营业额提高，生产量大量增加，韦鹏飞主持公司的整个生产部门又添购了好几部机器，他就从早忙到晚，日夜加班，回家的时间越来越晚，而每次回家，都累得筋疲力尽，倒在沙发上，他常连动都不想动。但是，即使这么忙，他也没有忽略掉灵珊的消沉。一晚，他紧握着灵珊的手，诚挚地说："灵珊，别以为我忘了我们之间的事，等我忙完这一阵，到夏天，我就比较空了。我们在夏天结婚，好不好？结完婚，我带你到日本去度蜜月。"

她默然不语。"你别担心，灵珊，所有的问题都会迎刃而解。我父母对于我又能重拾幸福开心极了，他们说，等到有假期的时候，要到台北来看你！"她微微一震。"怎么了？"他问，"你又在怕什么？"

"你的父母……"她期期艾艾地说，"他们真的很开心吗？他们并不认识我……"

"他们看过你的照片。"

"怎么说呢？"她垂下眼睑，"他们一定说我很丑，配不上你。所有的父母都认为自己的孩子是最好的。"

"不，正相反。"

"怎么？"

"他们说你很漂亮，太漂亮了一点。我妈说我太贪心了。她说……"他猛地咽住了。

"她说什么？"灵珊追问。

"没说什么，"鹏飞想岔开话题，"她觉得我配不上你，会糟蹋了你。"

"不是的！"她固执地说，"她说什么，你要告诉我！你应该告诉我！"

他注视着她，她坐在沙发前的地毯上，胳膊放在沙发上，用手托着下巴，静静地望着他。她的眼睛澄澈如秋水，里面有股庞大的力量，使他无法抗拒，无法隐瞒。他伸手抚摸她的面颊和她那小小的耳垂。

"她说……"他轻叹一声，"你受漂亮女孩子的罪还没受够吗？怎么又弄了一个这么漂亮的？当心，这女孩明艳照人，只怕你又有苦头要吃了！"

灵珊悄然地垂下头去。

"灵珊！"他托起她的下巴，"你别误会，我妈这句话并没有恶意，她是'一朝被蛇咬，十年怕井绳'！看到漂亮女孩就害怕。你要原谅她，当初，她和欣桐间闹得极不愉快，她曾尽心尽力待欣桐，欣桐仍然一走了之。她把这件事看成了韦家的奇耻大辱。灵珊，不要担心，等她见到你之后，就知道你有多纯真、多善良、多可爱了。"

灵珊仍然低头不语。"怎么？"鹏飞凝视着她，仔细地凝视着她，"你真的在担心吗？真的在烦恼吗？"她把头倚进了他怀里。

"鹏飞！"她软弱地叫，"为什么这世界上要有这么多人？而人与人间的关系又这么复杂？为什么两个人之间的事，要牵扯上这么许许多多其他的人？"

韦鹏飞拥着她，好一会儿也默然不语。他非常了解她心底的哀愁与无奈。半晌，他轻声低语："灵珊！"

"嗯？"她应着。

"我们找一个没有忧愁，没有工作，没有烦恼，没有纠缠……的地方去过日子吧！"

"有这样的地方吗？"

"有的。"

"是月球？还是火星？"她问。

他轻声一笑："不不，不是月球，不是火星，是亚马孙河的原始丛林里。"

"那儿确实没有烦恼，没有纠缠，"灵珊点点头，"可是，有蚊子，有毒蛇，有鳄鱼，有野兽，说不定，还有吃人族把你拿去炖汤吃！哦，算了，我们留在这儿吧！"

"那么，我们还可以去阿拉斯加！"韦鹏飞转动着眼珠，"我看过一部电影，介绍阿拉斯加的风景，终年积雪，一片银白，北极熊在雪地里打滚。到处都开满了五颜六色的花朵，成千成万的蝴蝶围着花朵打转……"

她笑了："雪地上开满了五颜六色的花朵？还有成千成万的蝴蝶？"她说，"你真是吹牛不打草稿！"

他正视着她："我打了草稿，"他说，"打了半天草稿，只为——博你一笑！"她的眼睛闪亮，泪珠在睫毛上轻颤。

他一把抱紧了她，在她耳边激动地喊着："哦，灵珊！如果有那样的地方，我会带你去的，我真会带你去的！我不要你烦恼，我不要你忧愁，我不要你操心，我不要你这样憔悴下去！哦，灵珊，你告诉我吧，怎样能让你快乐起来？你告诉我，你教我，我一直不是个很好的爱人，我不懂怎样能够保护我爱的……"他的身子掠过了一阵战栗，"灵珊！是不是我太忙了？我太忽略了你？你教我，但是，不要离开我……"她把嘴唇压在他唇上，堵住了他的言语。半晌，她抬起头来，温存地、平静地看着他。

"我说过要离开你吗？不，不会，永远不会。"她用手指轻触他的眉梢和鬓角，她眼底是一片深深切切的柔情，"我们之间如果有阴影，如果有问题，我相信，总会慢慢克服的。鹏飞，"她轻扬着眉毛："我不是裴欣桐，你放心。"

他深深地注视她，"你父母仍然在反对我吗？"他问，"他们是通情达理的，是开明的，为什么也像块无法融解的冰块？"

"有一天，楚楚也会长大，"灵珊说，"当她二十二岁的时候，你会不会愿意她去嫁给一个离过婚，有个六岁大孩子的男人？"

"如果那男人像我一样好，我是绝对愿意的！"

"你好吗？你真不害臊！"

"我真的很好……最起码，这半年以来，我已经戒除了所有的坏习惯，我努力在学好……但是，你父母不肯承认我的优点，他们只研究我的过去！"

"给他们时间！"她低语，"也给我时间。"

"给你时间干吗？"

"去融解一座冰山。"

"冰山？"他说，"你面前也有冰山吗？"

"是的。"

"是——"他迟疑的，"楚楚吗？我以为你已经完全收服了她。你像是如来佛，她只是个小孙猴子，她应该翻不出你的手掌心。"她摇摇头，无言地叹了口气。

他抚摸她的头发，紧蹙着眉头。

"你又叹气了。灵珊，你这么忧郁，我真不知道怎么办才好？"他握紧她的手，忽然下决心地说，"灵珊，我们走吧！我们真的离开这所有令人烦恼的一切！离开你的父母，也离开我的家人！"

"走到哪儿去？"

"去美国。我可以在那儿轻易地找到工作，我又有永久居留权。我们去美国，好吗？"

"楚楚呢？"她问。

他狠狠地咬了咬嘴唇："我可以把她交给我的父母！他们都很爱她！"

"你呢？不爱她吗？"灵珊盯着他问。

"我当然爱她。可是——如果她成了我们两人之间的冰山，我……我就只有忍痛移开她！"

灵珊和他对视良久。"听我说，鹏飞。"她清晰地说，"我不跟你去美国，也不去阿拉斯加或任何地方！因为，我不要做一个逃兵！我爱我的父母、姐姐和弟弟。我不想和他们分开，我也爱楚楚，我要她！我的问题在于这所有反对我的人，我都爱！我不逃走，鹏飞，我要面对他们！"

"灵珊！"他喊，"你自私一点吧！为自己想想吧！"

"我很自私，"她固执地说，"我想用我的胳膊抱住所有我所爱的，不止你！鹏飞，还要抱住我的家人，和——那座小冰山，我不单单是自私，而且是贪心的！"

"灵珊！"他惊叹地喊，拥住了她，在那份震撼般的激情里，再也说不出话来了。

于是，日子仍然这样缓慢而规律地流过去。但是，在规律的底下，却埋伏着一些看不见的东西。像地底的一条伏流，隐隐地、缓缓地流着。却不知何时终会化作一道喷泉，由地底激射而出。

这天，韦鹏飞正在工厂中工作。一部热锻机出了毛病，一星期中，这机器已有三次因热度过高，烧红之后金属碎片溅出来而烧伤了工人。韦鹏飞带着几个技工，一直在埋头修理这部机器，调整它的温度。忽然，有个工人走过来说："韦处长，有位刘先生来看你！"

"让他等一下！"韦鹏飞头也不抬地说，他整个人都钻在机器下面，查看那机器的底层。半晌，他从机器下面钻了出来，满身的尘土，满手的油垢，满衣服的铁屑。他抬眼看过去，才惊愕地发现，站在那儿等他的，竟然是灵珊的父亲刘思谦！"哦，刘伯伯！"他慌忙打招呼，心想，要来的毕竟来了！他必须面对这个人物、这个问题和这项挑战了！他心里一瞬间掠过许许多多的念头，知道刘思谦居然跑到工厂里来找他，当然是非摊牌不可了。他暗中筹思着"应战"的方法，立即做了一个坚定不移的决定，不管怎样，他绝不妥协，绝不放弃灵珊！他看着刘思谦，一面用毛巾擦着手。"对不起，让您久等，那机器有点毛病！"他说。

刘思谦好奇地看看那部机器，再好奇地看看韦鹏飞。他好奇地打量这整个工厂和那一排排的厂房，以及那些五花八门、形形色色的锅炉和冲床。

"我不知道这工厂这么大，"他说，"有多少工人？"

"有六百多人！"韦鹏飞说，一眼看到刘思谦满脸感兴趣的表情，他心中一动，想先跟他扯点别的，把话说畅了，再进入正题就容易了。于是，他问："要不要参观一下？"

"会不会不方便？"刘思谦问。通常，一般工厂都谢绝参观，以免一些私有技术流传出去。

"不会。"韦鹏飞立刻说，"这儿没有秘密。"

带着刘思谦，他一间厂房又一间厂房地走过去，一面向他介绍那些机器的功用和工厂的性质。

"我们分两个部门，一个是锻造部分，一个是精密铸造部分。产品几乎包括了各种金属手工具，主要是外销，销美国、加拿大以及东南亚和欧洲。"

"哦？"刘思谦打量着那些机器，也打量着韦鹏飞，他也是学机械的，却并没有学以致用，现在早改行到了金融界，在一家大银行当高级主管。但是，他对机械的兴趣却依然不减。"锻造做些什么事？"他问。

"第一步是剪切，那是剪切机把铁片剪碎。第二步是加热，这是加热炉。然后是粗坯，再下来要热锻，再经过剪边和加工，就完成了锻造的程式。可是，仅仅加工一项，就又包括了吹沙、清洗、打直、热处理、研磨、精光、电镀……各种手续，所以，要这么多机器，这么多工人，这是一件繁复的工作。"刘思谦一眨也不眨地看着他。

"你整天面对着机器和铁片，怎么还有心情去追女孩子？"他问。韦鹏飞站在一间大厂房的外面，他的手扶着厂房的柱子，回头看着刘思谦。"灵珊常常说我是个打铁匠，"他干脆引入正题，"我也确实只是个打铁匠。但，一把钳子，一个螺丝钻，都要经过千锤百炼才做得出来。我一天到晚对这些铁片千锤百炼，自以为已经炼成金刚不坏之身。直到灵珊卷进我的生活，我才知道我也有血有肉有灵魂有感情！刘伯伯，"他诚挚地说："我不知道该怎么说，灵珊确实再造了我！我每天把废铁变为利器，灵珊对我做了同一件事！"

刘思谦望向厂房，那儿有好几个高周波炉，工人们正在做熔铸的工作。他再看韦鹏飞，一身的铁屑，满手的油污，一脸的诚挚和那浑身的机油味。他沉吟地说："你知道我来这儿干什么？"

"我知道。"韦鹏飞说，"你想说服我和灵珊分手。"

"你认为我的成功率有几成？"

"你没有成功率。"

刘思谦不由自主地哼了一声。"像你这样的男人，怎么会离婚？"他冷静地问，"听说是你太太对不起你。""欣桐是一个很好的女孩。"韦鹏飞认真地说，"两个人离婚，很难说是谁对不起谁。欣桐外向爱动，热情而不耐寂寞，她的思想很开放，有点受嬉皮思想的影响，她离开我——"他黯然说："我想，总是我有缺点，我保不住她。"

"那么，你就保得住灵珊了吗？"

韦鹏飞静静地沉思片刻。

"是的。"

"为什么？"

"因为灵珊不是欣桐！欣桐像我豢养的一只小豹子，不管我多喜爱她，她一旦长成，必然要跑走，我跟欣桐结婚的时候，她还是个孩子。灵珊不一样，她独立而有思想，从我们认识开始，她接受了我，不只我的优点，也包括我的缺点。到现在，我觉得她已经像我生命的一部分，你可能保不住一只小豹子，你怎么可以保不住自己的生命或血液？"

"你的举例很奇怪！"刘思谦怔怔地说。

韦鹏飞望向厂棚。"你看到那些炉子了吗？"他问。

"怎样？"刘思谦困惑地。

"那里面是碳钢水，用碳钢水加上铬铁和钒铁，就铸造出一种新的合金，叫铬钒钢。铬钒钢是由两种不同的金属铸造的，但是，即经铸造之后，你就再也没有办法把铬钒钢分离成铬铁和钒铁。我和灵珊，就像铬钒钢。"

刘思谦瞪视着韦鹏飞。

"看样子，你是个成功的锻造家！"他说，环视着左右，"看样子，你还是个成功的工程师，看样子，你也是个成功的主管。只是，我不知道，你会不会是个成功的丈夫！"

韦鹏飞热烈地直视着刘思谦，眼睛发亮。

"我有必胜的信心，信任我！刘伯伯！"

刘思谦睁大了眼睛，皱皱眉头，然后，他忽然重重地一掌，砸在韦鹏飞的肩上，粗声说："我实在不知道，灵珊爱上了你哪一点？我也实在不知道，我又欣赏了你哪一点？但是，要命！"他深深吸气，眼睛迎着阳光闪亮，"我居然全心全意，要接受你做我的女婿了！"

"刘伯伯！"他喊，满脸发光的他用那油污的手，一把握住了刘思谦的手，"你不会后悔，你永不会后悔！"他说：
"你虽然不知道灵珊爱上了我哪一点，我却深深明白，灵珊为
什么那样爱你们了！"

第十三章

忽然间，雨季就这样过去了。忽然间，春天就这样来临了。忽然间，阳光整日灿烂地照射着。忽然间，轻风和煦而温柔地吹拂着。忽然间，花开了，云笑了，天空的颜色都变得美丽了。在刘家，韦鹏飞得到一个新的绰号，叫"铬钒钢"。这绰号的由来，早就被刘思谦很夸张地描述过，刘家大大小小，都喜欢称他绰号而不喜欢叫他名字。这个始终无法得到刘家激赏的"韦鹏飞"，却以"铬钒钢"的身份而被认可了。难怪，韦鹏飞这晚要对灵珊说："早知如此，就该改名字了！看样子，笔画学不能不研究一下，那韦鹏飞三个字的笔画对我一定不吉利！"

灵珊挽着韦鹏飞的手臂，那多日的阴霾已被春风一扫而去，她笑着说："你以为爸爸那天去旭伦真正的目的是什么？"

"要我答应撤退！"

"傻人！"灵珊笑得像阳光，像蓝天，"爸爸才不会做这么幼稚的事，他是安心去摸摸你的底细，称称你到底有几两重！"

"哦，"韦鹏飞恍然地说，"那就怪不得了！"

"怪不得什么？"

"韦鹏飞整日飞在天空，你怎么测得出他的重量？那铬钢毕竟是钢铁，当然沉甸甸的！"

灵珊笑弯了腰："改天我也要去旭伦看看，那帮了你大忙的铬钢到底是什么玩意儿？说实话，我一生没听过这名词！"

"记得吗？"韦鹏飞深思地说，"我们刚认识没多久的时候，我就曾经要带你去旭伦。"

"是的，"灵珊回忆着那个晚上，他曾因她一语而改变目的地，在高速公路上急刹车，"为什么？"

"那时候我很堕落，"他坦率地说，"在你面前，我自惭形秽，或者，在我下意识中，觉得在旭伦的我比较有分量一点。也可能……"他微笑着："我有第六感，知道旭伦的某种合金能帮我的忙。"她瞪着他笑，摇了摇头，又叹了口气。

"怎么还叹气呢？"他问。

"你有什么高周波炉，又有什么加热炉、预热炉，你连铁都烧得熔，何况去融解一块小小的冰块。而我却惨了，我从没学过锻造或铸造！""你学过的。"他正色说。

"学过什么？"

"我锻造的是铁，你锻造的是人生。"他握紧她的手，凝视着她的眼睛，"别担心那座冰山，她可能也会出现奇迹，在一夜间而融化。我对你有信心。"

"从哪儿来的信心?"她轻声问。

"你烧熔过我,我不是冰山,我也是铁。"

"铬铁或是铁?"她笑着。

"废铁!"他冲口而出。

于是,他们相视大笑了起来,笑得那么开心,那么爽朗,以至于把已睡着的楚楚吵醒了。穿着睡袍,赤着脚,她睡眼惺忪地揉着眼睛从卧室里跑了出来。一眼看到并肩依偎着的父亲和灵珊,她那小小的脸立刻板了起来,眼睛里燃烧着怒火:"阿姨,你们笑什么?"

灵珊一怔,从沙发里站了起来,脸上的乌云倏然而来,阳光隐进云层里去了。"哦,楚楚,"她虚弱地微笑了一下,声音里竟带着怯意,"对不起,把你吵醒了。走,阿姨陪你去房里,你要受凉了。"

"我不要你!"楚楚瞪圆了眼睛说,"我要爸爸!"

韦鹏飞看着楚楚。"乖,"他劝慰地,"听阿姨的话,上床睡觉去,你已经大了,马上要念小学了,怎么睡觉还要人陪呢?"

楚楚走到韦鹏飞面前,仰着小脸看他。

"我一直做噩梦,爸爸。"她柔声说,说得可怜兮兮的,"我很怕!"

"梦到什么呢?"韦鹏飞问。

"梦到我妈。"她清晰地说,"她好漂亮好漂亮,穿了一件白纱的衣服,衣服上全是小星星,闪呀闪的。她像个仙女,像《木偶奇遇记》里的仙女。她抱着我唱歌,唱'摇摇摇,我的好宝宝'，她的声音好好听！"

韦鹏飞愣住了，他瞪视着楚楚。

"这是噩梦吗？"他问，"这梦很好呵！"

"可是……可是……"楚楚那对黑如点漆的眼珠乱转着，"我妈正唱啊唱的，忽然有个女妖怪跑来了，她把我妈赶走了，她有好长好长的头发，好尖好尖的指甲，她掐我、打我、骂我，她说她是我的后娘！"

韦鹏飞蓦然变色，他严厉地看着楚楚，厉声说："谁教你说这些话的？是谁？"

楚楚一惊，顿时间，她扑向韦鹏飞，用两只小胳膊紧紧地抱着父亲的腿，她惊慌失措地、求救似的喊："爸爸，你不爱我了！爸爸！你不要我了！爸爸，你不喜欢我了！爸爸……"她哭着把头埋在他的裤管上，"我爱你！爸爸，我好爱好爱你哟！"

韦鹏飞鼻中一酸，就弯腰把那孩子抱了起来。楚楚立即用手搂紧了韦鹏飞的脖子，左右开弓地亲吻她父亲的面颊，不停地说："爸爸，会不会有了后娘，你就不要我了？爸爸，你陪我，求求你陪我，我一直睡不着睡不着……"

"好好，"韦鹏飞屈服地，抱着她向卧室里走，一面回过头来，给了灵珊安抚的、温柔的一瞥。灵珊深深地靠在沙发中，蜷缩着身子，似乎不胜寒苦。她的眼光幽幽然地投注在他们父女身上，脸上的表情是若有所思的。韦鹏飞心中一动，停下来，他想对灵珊说句什么。但，楚楚打了个哈欠，在他耳边软软地说："爸爸，我好困好困呵！"

韦鹏飞心想,待会儿再说吧!先把这个小东西弄上床去。他抱着楚楚走进了卧室。把楚楚放在床上,他本想立刻退出去,可是,那孩子用小手紧紧地握着他,眼睛大大地睁着,就是不肯马上睡觉。好不容易,她的眼皮沉重地合了下来,他才站起身子,她立即一惊而醒,仓皇地说:"爸爸,你不要走!你一走妖怪就来了!"

"胡说!哪儿有妖怪!"

楚楚再打了个哈欠,倦意压在她的眼睛上,她迷迷糊糊地说了句:"说不定有狼外婆!"

"什么狼外婆?"韦鹏飞对童话故事一窍不通。

"狼外婆很和气,很好很好,到了晚上,她就把弟弟吃了,咬着弟弟的骨头,咬得咔嚓咔嚓响……"楚楚又打了个哈欠,眼睛终于闭上了。那孩子总算睡着了,韦鹏飞悄悄地站起身来,蹑手蹑脚地走出去,关上了灯。当他走到客厅里时,却发现沙发上已无人影,他四面看看,客厅里空荡荡的,只在小茶几上,用茶杯压着一张纸条。他走过去,拿起纸条,上面是灵珊的笔迹,潦草地写着四个大字:"妖怪去也!"

他怔了怔,看看手表,已经深夜十一点多了。但是,毕竟安不下心,他拨了一通电话到灵珊家,接电话的是灵珍,她笑嘻嘻地说:"铬先生,我妹妹已经睡啦!"

"能不能和她说句话?"

"她不是刚从你那儿回来吗?"灵珍调侃似的说,"有话怎么一次不说完?我看你们可真累!好,你等一等!"

片刻之后，接电话的仍然是灵珍。

"我妹妹说，有话明天再讲，她说她已经睡着了。"

"已经睡着了？"他蹙紧眉头。

"已经做梦了，她说她梦到仙女大战妖怪，战得天翻地覆，她这么说的，我原封告诉你，至于这是打哑谜呢？还是你们之间的暗号，我就弄不清楚了！"

挂断了电话，他坐进沙发里，燃起了一支烟，他深深地抽着烟，沉思着。然后，他再拨了刘家的电话。

在刘家，灵珍把电话机往灵珊床边一挪，把听筒塞进她手里，说："你那个铬钢实在麻烦！我不当你们的传话筒，你们自己去谈论妖怪和仙女去！"灵珊迫不得已接过电话，听筒里，传来韦鹏飞一声长长的叹息。"灵珊，"他柔声说，"你生气了？"

她心中掠过一阵酸酸楚楚的柔情，喉咙里顿时发哽。

"没有。"她含糊地说。

"你骗我！"他说，再叹了口气，"出来好不好？我要见你！"

"现在吗？别发疯了，我已经睡了。"

"我们散步去。"他的声音更柔了。

"你知道几点了？"

"知道。"他说，沉默了片刻。她以为他已经挂断了，可是，他的声音又响了起来，"今晚的月亮很好，很像你的歌：月朦胧，鸟朦胧。"他低低地、祈求地，"我们赏月去！"

她挂上了电话，翻身就下床，拿起椅子上的衣服，换掉睡衣，灵珍的眼睛瞪得又圆又大，愕然地问："你干吗？"

"去散步!""你知道吗?"灵珍说,"你那个铬钢,有几分疯狂,你也有几分疯狂!你们加起来,就是十足的疯狂!"

灵珊嫣然一笑,转身就走。

在门外,韦鹏飞正靠在楼梯上默默地望着她。

"道高一尺,魔高一丈。"她喃喃地说。

"什么意思?"

"我是妖怪,妖怪就是魔鬼,你抵制不了妖怪的诱惑,岂不是魔高一丈?但是,我抵制不了你的诱惑,又算什么呢?"

"所以,我是魔中之魔。"他说。

"我看,你真是我命中之魔呢!"她低叹着。

他们下了楼,走出大厦,沐浴在那如水的月色里。她依偎着他,在这一瞬间,只觉得心满意足。魔鬼也罢,妖怪也罢,她全不管了。冰山也罢,岩石也罢,她也不管了。她只要和他在一起,踏着月色,听着鸟鸣,散步在那静悄悄的街头。月朦胧,鸟朦胧,灯朦胧,人朦胧。

可是,现实是逃不开的,命运也是逃不开的。"幸福"像水中的倒影,永远美丽,动荡诱人,而不真实。世间有几个人能抓住水里的倒影?

这天黄昏,灵珊下了课,刚刚走出幼稚园的大门,就一眼看到了邵卓生,他站在那幼稚园的铁栅栏边,正默默地注视着里面。灵珊心里掠过一阵抱歉的情绪。这些日子来,她几乎已经忘掉了邵卓生!韦鹏飞把她的生活填得满满的,邵卓生多少次的约会都被她回绝了。而今天,他又站在这儿了,像往常一样,他在等她下课。她走了过去,可是,蓦然间,她像挨了一棒，整个人都发起呆来，她几乎不敢相信自己的眼睛，在邵卓生身边，有个少女亭亭玉立地站在那儿，穿着一件米色丝绒上衣和同色的长裤，腰上系着一条咖啡色的腰带，她瘦骨婷婷，飘然若仙。竟然是她梦里、日里，无时或忘的阿裴！邵卓生迎了过来，对她介绍似的说："灵珊，你还记得阿裴吧！"

"是的。"灵珊对阿裴看过去，心里却糊涂得厉害，邵卓生从何时开始，居然和阿裴来往了？但，这并非不可能的事，自从耶诞节后，灵珊和邵卓生就不大见面了，他既然认识了阿裴，当然有权利去约阿裴！只是……只是……只是什么？灵珊也弄不大清楚，只觉得不对劲，很不对劲，阿裴何以会和邵卓生交往？阿裴何以会出现在"爱儿"幼稚园门口？阿裴……怎么如此接近灵珊的生活范围？这，会是巧合吗？还是有意的呢？她站在那儿，面对着阿裴，寒意却陡然从她背脊冒了出来。"刘——"阿裴看着她，迟疑地、细致地、妩媚地开了口，"我可不可以就叫你灵珊？""当然可以！"灵珊说，心里七上八下地打着鼓，"我记得，在耶诞节那夜，我们已经很熟了。"

"是的。"阿裴说，用手掠了掠头发，那宽宽的衣袖又滑了上去，露出她那纤细而匀称的手臂，她站在黄昏的夕阳里，发上、肩上、身上，都被夕阳染上了一抹嫣红和橙黄，她看起来比耶诞之夜更增加了几分飘逸和轻灵。她仍然没有化什么妆，只轻染了一点口红。可是，在她的眼底，在她的眉梢，却有那么一种奇异的寥落，灵珊直觉地感到，她比耶诞夜又增加了几许憔悴！她直视着灵珊，柔声说："我还记得那天夜里，你喝醉了。"

"我一定很失态。"灵珊说，心里却模糊地觉得，阿裴特地来这儿，绝不是来讨论她的醉态的。

"不，你很好，很可爱。"阿裴盯着她，"我们谈过很多话，你还记得吗？"

"不太记得了。"她摇摇头，有些心神恍惚，自己一定泄露了什么，绝对泄露了什么。

"阿裴，"邵卓生插嘴说，"你不是说，要找灵珊带你见一个孩子吗？你朋友的一个孩子？"

灵珊的心脏怦然一跳，脸上就微微变色了。虽然心中早已隐隐料到是这么回事，可是，真听到这个要求，却依然让她心慌意乱而六神无主。她看看邵卓生，立刻看出他丝毫不了解其中的微妙之处，他仍是"少根筋"！她再看向阿裴，阿裴也正静静地望着她。从阿裴那平静的外表下，简直看不出来她心里在想些什么。灵珊挺了挺背脊，决定面对这件事了。"阿裴，"她镇静地说，"那孩子念的是上午班，你今天没有办法见到她。而且，这事必须斟酌，必须考虑。阿裴，你的意思是什么呢？你知道那孩子……"

"我知道！"阿裴打断了她，"那是我好朋友的孩子，我那个朋友已经死了，我只是想见见亡友的女儿！"

"为什么忽然要见她？"灵珊问，"我猜，你那个好朋友——已经——已经去世多年了。"

"是的。"阿裴看着她，那对妩媚的眸子在落日的余晖下闪烁，长长的睫毛，在眼睛上投下一道弧形的阴影。天！她实在美得出奇，美得像梦！她那白皙的皮肤几乎是半透明的，她像个用水晶雕刻出来的艺术品。"或者是心血来潮，"她说，"也或者是年纪大了。"她侧着头沉思了一下，忽然正色说："不，灵珊，我不能骗你。说实话，我想见她，很想很想见她，想得快发疯了！"灵珊心惊肉跳，脸色更白了。

"为什么不直接去找孩子的爸爸？"她问。

"我还没有疯到那个地步！"

"你怎么知道我一定会帮忙呢？"

阿裴低下头去，望着人行道上的红方砖，沉吟片刻。然后，她仰起头来，直视着灵珊："灵珊，到我家去坐一下，好不好？"

"现在吗？"她有些犹豫，今晚韦鹏飞加班，要很晚才能回来，晚上的时间是漫长而无聊的。韦鹏飞，她心里暗暗地念着这个名字，眼睛注视着阿裴。韦鹏飞，阿裴。阿裴，韦鹏飞。老天，她到底卷进了怎样的一个故事？饰演着怎样的角色？"扫帚星，"阿裴温柔地喊，"你帮我说服灵珊，来我家坐坐吧！我弄晚餐给你们吃！"

"灵珊？"邵卓生望着她，祈求地，"去吗？"

灵珊看看阿裴，又看看邵卓生，心里越搅越糊涂，这到底是一笔什么账？终于，她毅然地点了点头。

"好，我去！不过要先打个电话回家！"

"到我家再打吧！"阿裴说，挥手叫了一辆计程车。

上了计程车，车子穿过仁爱路，驶向罗斯福路，过中正桥，往中和驶去。灵珊再看看阿裴，又看看邵卓生，忍不住说："你们两个很熟吗？""耶诞节以后，我们常来往。"阿裴大方地说，"扫帚星和陆超也很谈得来。"陆超？鼓手？主唱？吉他手？灵珊的头脑更绕不清了，她觉得自己像掉进了一堆乱麻里，怎样也理不出一个头绪来。她下意识地瞪视着邵卓生，发现他有些扭捏不安，他绝不像阿裴那样落落大方。看样子，他已经迷上阿裴了。

车子在中和的一条巷子里停了下来。下了车，阿裴领先往前走，原来，阿裴住在一栋四楼公寓的顶层。灵珊一进门，迎面就是一张整面墙的大照片，把灵珊吓了好大一跳。定下神来，才看出是陆超在打鼓的照片，这照片像裱壁纸一样裱在墙上，成了室内最突出的装饰品。

灵珊环顾四周，才知道这是那种一房一厅的小公寓，客厅和房间都很小。但，客厅布置得还很新潮，没有沙发，只在地毯上横七竖八地丢着五颜六色的靠垫和几张小小的圆形藤椅。有个小小的藤桌子，还有个藤架子，藤架子上面放满了陆超的照片，半身的，全身的，演唱的，居然还有一张半裸的！在屋角，有一套非常考究的鼓，鼓上有金色的英文缩写名字 C－C。窗前，挂满了各种各样的风铃，有鱼鳞的，有贝壳的，还有木头的，竹子的以及金属的。窗子半开着，风很大，那些风铃就清清脆脆地，叮叮当当地，咿咿呀呀地……奏出各种细碎的音响。

灵珊看着这一切，不自禁地问："男主人呢？"

"你说陆超？"阿裴看看她，走到餐厅里，餐厅和客厅是相连的，她用电咖啡壶烧着咖啡，一面烧，一面心不在焉似的说："他走了！"

"走了？"灵珊不懂，"走到哪里去了？"

"阿秋家。"阿裴走过来，从小茶几上拿起烟盒，点燃了一支烟，"记得阿秋吗？耶诞夜我们就在她家过的。"

"我记得。"她想着那条金蛇，"你是说，他去看阿秋了？等下就回来？"

"不是，"阿裴摇摇头，喷出了一口烟雾，她的眼光在烟雾下迷迷蒙蒙的，"他和阿秋同居了。"

"哦？"灵珊一惊，睁大了眼睛，喉咙里像哽着一个鸡蛋。"同……同居？"她嗫嚅地说，觉得自己表现得颇为傻气。

"是的，两个月了。"阿裴轻轻地咬了咬嘴唇，嘴角忽然涌上一抹甜甜的笑意，"不过，他还会回来的。"

"何以见得？"灵珊冲口而出。

"他的鼓还在我这儿，他——一定还会回来的。"

"如果他不回来了呢？"灵珊问得更傻了。

阿裴抬眼看她，微笑了起来。笑得好文静，好自然，好妩媚，好温存，好细腻……灵珊从没看过这样动人的笑。她轻轻地、柔柔地、细细地说："那么，我会杀了他！"

灵珊悚然而惊，张大了嘴，她愕然地瞪视着阿裴，觉得一句话也说不出来了。

对灵珊来说，这是个奇异的夜晚，奇异得不能再奇异，奇异得令人难以置信。她、阿裴和邵卓生，会在一间小小的公寓里，畅谈整个晚上。

起先，她在厨房里帮阿裴的忙，她洗菜、切菜，阿裴下锅。邵卓生在客厅里听唱片，奥丽薇亚，赛门和卡芬可，葛雷坎伯尔，东尼和玛丽奥斯蒙……怪不得他对音乐和歌星越来越熟悉。阿裴一面弄菜，一面说："以前我是不下厨房的，自从和陆超在一起，他不喜欢吃馆子，我就学着做菜，倒也能做几个了。以前，陆超常常和他的朋友们，一来就是一大群，大家又疯又闹又唱又吃又喝，整桌的菜，我也可以一个人做出来。"

灵珊看着她。不知道该说什么。脑子里却浮起了《爱桐杂记》中的一段——后来，韦鹏飞曾把《爱桐杂记》整个交给她，她也熟读了其中的点点滴滴。那一段是这样写的：

欣桐不喜欢下厨房，她最怕油烟味，且有洁癖。

每次她穿着轻飘飘欲飞的衣裳，在厨房中微微一转，出来时总有满脸的委屈，她会依偎着我，再三问：

"我有油味吗？我有鱼腥味吗？"

"你清香如茉莉，潇洒如苇花，飘逸如白云！"

她笑了，说："别恭维我，我会照单全收！"

我看她那飘然出尘之感，看她那纤柔的手指，看她那吹弹欲破的皮肤，真像个不食人间烟火的仙子！从此，我不许她下厨房，怕那些油烟味亵渎了她。

"你在想什么？"阿裴问。

她惊觉过来，发现自己把一棵小白菜已经扯得乱七八糟了。她看看阿裴，阿裴不知道有《爱桐杂记》，如果阿裴读了，不知会有怎样的感想？

"你一定很奇怪我今天会去找你吧？"阿裴问，把菜下了锅，那"刺啦"一声油爆的响声，几乎遮住了她的话，她的脸半隐在那上冲的烟雾里。灵珊惊奇地发现，她连在厨房中的动作都是从容不迫的、飘逸而美妙的。

"是的，非常出乎意料。"她回答。

"说穿了，很简单。"她熟练地炒着菜，眼睛注视着锅中的蒸气，"耶诞节那晚，你一再盘问我的名字，我的年龄。后来，你喝醉了，对我说：阿裴，你不可能是个六岁孩子的母亲！"

"我说了这句话吗？"灵珊惊愕的。

"是的，你说了。那时你已醉得歪歪倒倒，我心里却很明白，知道你和楚楚必定有关系。我留下了邵卓生的电话号码，第二天就把邵卓生约出来了。"

灵珊望着手里的菜叶发愣。

"自从我离开了楚楚，这么些年来，我没见过她。她爸爸说，除非我回去，要不然，永不许我见楚楚。我不能离开陆超，就只有牺牲楚楚，我知道，她爸爸会把她带得很好，我并没有什么不放心。何况，她还有爷爷奶奶。我忍耐着不去打听她的一切，这些年来，我真做到了不闻不问。连他们住在哪里，我都不知道。我明白，孩子一定以为我死了。爷爷奶奶一定告诉她，我死了。"她微笑起来，眼睛里有抹嘲弄的意味，"他们是那种人，宁可接受死亡，也不愿接受背叛。"

灵珊不说话，客厅里，唱机中传出《万世巨星》里的插曲："我不知道如何去爱他"。

"我以为，我可以轻易摆脱掉对楚楚的感情，我也真做到了，这些年来，我很少想到她，我生活得很快活，很满足。直到耶诞夜，你说出那句话，我当时依旧无动于衷，后来，却越来越牵挂，越来越不安。第二天，我和邵卓生见了面，才知道你和韦家是邻居，也才知道，你是楚楚的老师。"

灵珊深思地、悄然地抬头看阿裴，心想，你还知道别的吗？你还知道我和韦鹏飞的关系吗？你还知道我不只是邻居和老师，也可能成为孩子的后母吗？阿裴用碟子盛着菜，她那迷蒙的眼神是若有所思的，深不可测的。她看不出她的思想。"其实,"阿裴继续说,"我既然知道了楚楚的地址和学校,我也可以不着痕迹地,偷偷地去看她。但是,我觉得这样做很不光明,也很不方便。我一再说服自己,算了吧,就当我没生这个孩子,就当我已经死了!因为,见了面,对我对她,都没有什么好处。我压制又压制,这几个月来,我一直在和自己作战。但是,今天,我再也熬不住了,我想她想得发疯。"她直视着灵珊:"我答应你,我不会给你增加麻烦,明天中午,你把她带出来,我们一起吃一顿午餐,你可以告诉她,我只是你一个朋友。我不会暴露身份,绝对不会。"

"你要我瞒住她父亲做这件事?"

"是的。"

"你怎么知道楚楚不会告诉她父亲?"

"楚楚顶多说,刘阿姨带我和一个张阿姨一起吃饭,就说我姓张吧!韦鹏飞不会知道这个张阿姨是谁。楚楚也不会知道。"

灵珊深深地望着她:"我为什么要帮你呢?"

阿裴抬起头来,迎视着她。阿裴那对如梦如雾的眼睛迷迷蒙蒙的,像两点隐在雾里的星光,虽闪烁,却朦胧。她嘴角的弧度是美好的,唇边带着淡淡的微笑,那笑容也像隐在雾里的阳光,虽美丽,却凄凉。她低语着说:"你没有理由要帮我的忙,我也无法勉强你。如果我说我会很感激你,我又怕——你不会在意我感激与否。但是——灵珊,"她咬了咬牙,眼里泪光莹然,"我的第六感告诉我,你会帮我的。"灵珊默然片刻,只是呆呆地望着她。"好!"她终于下决心般地说，"我不知道我这样做是对还是错，也不知道这样做的后果是什么。更不知道我为什么要答应你，可是，我答应你了。"

阿裴的脸上绽出了光彩，她的眼睛发亮。

"那么，说定了，明天中午我去幼稚园门口等你！"

"不如说好一个餐厅，我带她来。"

"福乐，好吗？或者她爱吃霜淇淋。"

"好的，十二点半。"

阿裴看了她好久好久。终于，长长地吐出一口气来，她又是泪，又是笑："你是个好心的女孩，灵珊，老天一定会照顾你！"

"未见得！"她低语，"我还没闹清楚，我是人，还是妖怪呢！"

"你说什么？"阿裴不解地。

"没什么。"灵珊掩饰地说，眼光依旧停在阿裴脸上。"阿裴，"她忍不住地开了口，"你为了陆超牺牲了一个家庭，现在，你这样想念楚楚，你是不是——很后悔呢？"

"后悔什么？后悔选择陆超吗？"

"是的。"她侧着头，想了想，"当初跟随陆超的时候，很多人对我说，陆超是不会专情的，陆超是多变的，陆超总有一天会离开我，而我说：陆超爱我三天，我跟他三天，陆超爱我一年，我跟他一年，现在，他已经爱我四年了。"

"可是，你并不以此为满足，是吗？你希望的是天长地久，是吗？刚刚你还说，如果他变心，你会杀了他！"

"是的，我说了。"她出神地沉思，"我已经走火入魔了。"

"怎么？"她不解地。

"我不该这样自私，是不是？可是，爱情是自私的。我应该很洒脱，是不是？我怎么越来越不洒脱了？我想，我确实有点走火入魔！最近，我常常管不住自己的思想和欲望。或者，我快毁灭了。上帝要叫一个人灭亡，必先令其疯狂！"她摇摇头，忽然惊觉，"我们不谈这个！今晚，我太兴奋了。走，我们吃饭去！"把碗筷搬到餐厅，他们吃了一餐虽简单，却很"融洽"的晚餐。席间，邵卓生很高兴，他谈音乐，谈合唱团，谈赛门和卡芬可的分手……灵珊从不知道他会如此健谈，会懂这么多的东西，她用新奇的眼光望着邵卓生。阿裴却始终耐心地、笑嘻嘻地听着邵卓生，偶尔，加上一两句惊叹："哦，真的吗？""噢，你怎么知道？""太妙了！"随着她的惊叹，邵卓生就越说越有精神了。

饭后，他们席地而坐。阿裴抱了一个吉他，慢慢地、心不在焉似的拨着那琴弦。她长发半掩着面颊，衣袂翩然。风吹着窗间的风铃，铃声与吉他声互相鸣奏，此起彼伏，别有一种动人的韵味。阿裴的手指在弦上灵活地上下，琴声逐渐明显，逐渐压住了那风铃的音响。她在奏着那支"我不知道如何去爱他"。灵珊望着她的手指，倾听着那吉他声，不觉心驰神往，听得痴了。忽然间，有人用钥匙在开门，阿裴像触电一般，丢下了吉他，她直跳起来，面颊顿时失去了血色，她哑声说："陆超回来了！"

果然，门开了，陆超大踏步地走了进来。看到灵珊和邵卓生，他似乎丝毫也不感到惊奇，随意地点了个头，正要说什么，阿裴已经直扑了上去，用胳膊一把环绕住了他的脖子，她就发疯般地把面颊依偎到他脸上去。她的眼睛闪亮，面颊上全是光彩，兴奋和喜悦一下子罩住了她，她又是笑，又是泪，语无伦次地喊："陆超！陆超！陆超！我知道你会回来！我知道！我知道！好运气总跟着我！陆超，你吃了饭吗？不不，你一定没吃！我弄东西给你吃！我马上去弄！你看，你又不刮胡子……你的衬衫脏了！你要洗澡吗？你的衬衫、长裤、内衣……我都给你熨好了，熨得平平的，我知道你爱漂亮，要整齐……"

"别闹我！别这样缠在我身上！"陆超用力把她的胳膊拉下来，又用力把她的身子推开，烦躁地说，"你怎么了？你安静一点好不好？""好！好！好！"阿裴一迭连声地说，退后了一步，热烈地看着陆超，似乎在用全力克制自己，不要再扑上前去。但是，她那燃烧着的眼光却以那样一股压抑不住的狂热，固执地停驻在他脸上。"你要我为你做点什么？"她激动得语气发颤，"你想吃馄饨吗？春卷吗？哦，我先给你一杯酒！"她往酒柜边奔去。"你少麻烦了，我马上要走！"陆超说。

阿裴站住了，倏然回过头来，脸色白得像纸。

"你——明天再走，好吗？"她柔声问，那么温柔，柔得像酒——充满了甜甜的、浓浓的、香醇的醉意，"明天。我只留你这一晚，好吗？你想吃什么，想玩什么，你说，我都陪你！不管怎样，我先给你拿酒来！"她又往酒柜边走。

"我不要酒！"陆超暴躁地说。

"那么，咖啡？"她轻扬着睫毛，声音里已充满了怯意，"还是——冲杯茶？""不要，不要，都不要！"陆超简单明快地，"我来拿件东西，拿了就走！"

阿裴脸色惨变，她像箭一般，直射到那套鼓旁边，用身子遮在鼓前面，她的手按在鼓上，眼睛死死地瞪着陆超，脸上有种近乎拼命的表情，她哑声说："你休想把鼓拿走！你休想！如果你要拿鼓的话，除非先把我杀掉！"陆超冷冷地望着她，似乎在衡量她话里的真实性。阿裴挺着背脊，直直地站在那儿，她身上那种水样的温柔已经不见了，脸上充满了一种野性的、疯狂的神情，像只负伤的野兽。空气中有种紧张的气氛在弥漫，一时间，屋子中四个人，无一人说话。只有窗前的风铃，仍在叮叮当当，玲玲琅琅，细细碎碎地响着：如轻唱，如低语，如细诉，如呢喃。

好一会儿，陆超忽然笑了起来。

"傻东西！"他笑骂着，"我说了我要拿鼓吗？"

室内的空气陡然间轻松下来了。阿裴的眼神一亮，笑容立即从唇边漾开，同时，泪水濡湿了她的睫毛，她冲过来，又忘形地扑进了他的怀里，用手臂抱着他的腰，她的眼泪沾湿了他的夹克。她低声地，热烈地嚷着："你就是会吓唬我，你吓得我快晕倒了，你信吗？我真的快晕倒了！"灵珊望着她那惨白如大理石般的脸色，心想，她绝没有撒谎，她是真的快晕倒了。陆超的眼里掠过了一抹忍耐的神色，用手敷衍地摸了摸阿裴的头发，说："好了，别傻里傻气的！你今晚有朋友，我改天再来，我只是……"灵珊慌忙从地毯上跳起来。

"陆超!"灵珊说,"你留下来,我和邵卓生正预备走,我们还有事呢!"她对邵卓生丢了一个眼色:"走吧!扫帚星!"

"不要!不要!"陆超推开阿裴,一下子就拦在他们前面,"你们陪阿裴聊聊,我真的马上要走!"他回头望着阿裴:"我需要一点……""我知道了!"阿裴很快地说,走进卧室去。陆超迟疑了一下,就也跟进了卧室里。灵珊本能地向卧室里看去,正看见陆超俯头在吻阿裴,而阿裴心魂俱醉地依偎在他怀中。灵珊想,这种情形下还不走,更待何时?她刚移步往大门口走去,那陆超已经出来了。一面毫不忌讳地把一沓钞票塞进口袋中,一面往大门口走去。

"阿裴,算我跟你借的!"他说,"我走了!"

阿裴依依不舍地跟到门边,靠在门框上,她的眼睛湿漉漉地看着他。"什么时候再来?"她问,声音好软弱。

"我总会再来的,是不是?"陆超粗声说,"我的鼓还留在这儿呢!"打开大门,他扬长而去。

阿裴倚门而立,目送他顺阶而下。好半晌,她才关上房门,回到客厅里来。灵珊看了看她,说:"我也走了。""不!"阿裴求助似的伸手握住她,"你再坐一下,有时候,我好怕孤独!"她的语气和她的神情使灵珊不忍离去。她折回来,又在那些靠垫堆中坐下。阿裴倒了三杯酒来,灵珊摇摇头,她不想再醉一次,尤其在阿裴面前。阿裴也不勉强,她席地而坐,重新抱起她的吉他。她把酒杯放在地毯上,啜一口酒,弹两下吉他,再啜一口酒,再弹两下吉他。眼泪慢慢沿着她的面颊滚落下来。"阿裴,"邵卓生忽然开了口,"你为什么这样认死扣？天下的男人并不止陆超一个。他有什么好？任性、自私、用情不专……""扫帚星，"阿裴正色说，"如果你要在我面前说陆超的坏话，那么，你还是离开我家吧！"

邵卓生不再说话了，端起酒杯，他默默地喝了一大口，默默地看着阿裴。阿裴燃起了一支烟，她抽烟、喝酒、弹吉他。烟雾慢慢地从她嘴中吐出来，一缕一缕地在室内袅袅上升，缓缓扩散。她的眼光望着灵珊，闪着幽幽然的光芒。那酒始终染不红她的面颊，那面颊自从陆超进门后，就像大理石般苍白。她的手指轻扣着琴弦，柔声地说："灵珊，你爱听哪一类的歌？"

"抒情的。"

"抒情的？"她微侧着头沉思，头发垂在胸前，"灵珊，'情'之一字，害人不浅，自古以来，我们对情字下了太多的定义。我最欣赏的，还是'一日不思量，也攒眉千度'的句子！"灵珊猛地一怔，这是韦鹏飞题在阿裴照片上的句子！难道，人生真是一个人欠了一个人的债么？阿裴不再说话了，她只是喝酒、抽烟、弹吉他。不停地喝酒、抽烟、弹吉他。然后，夜深了，阿裴弹了一串音符，开始低声地扣弦而歌，她唱歌的时候，已经半醉了。灵珊和邵卓生离去，她几乎不知道。她低声唱着，声音温柔细腻而悲凉："我不知道如何去爱他，如何才能感动他！我变了，真的变了，过去几天来变了，我变得不像自己了，我不知道为什么会爱他，他只是一个男人，不是我的第一个男人……"

她一边唱着，眼泪一边滑下面颊，落在那吉他上。邵卓生拉着灵珊离开，低声说："她会这样喝酒喝到天亮，我们走吧！"

灵珊走出了那栋公寓，凉风迎面而来，冷冷的，飕飕的，瑟瑟的。她眼前仍然浮着阿裴含泪而歌的样子，耳边仍然荡漾着阿裴的歌声："我不知道如何去爱他，如何才能感动他！"

第十五章

这天中午，灵珊带着楚楚和阿裴又见面了。

说服楚楚跟灵珊来吃这顿中饭，并不像想象中那么容易，楚楚现在是一只易怒的刺猬，整日都在备战状态里，尤其对于灵珊。她已经养成一个习惯，灵珊要她往东，她就要往西，灵珊要她写字，她就要画图，灵珊要她站起来，她就坐在那儿不动。好在，这些日子来，灵珊在教下午班，把她调到上午班，干脆不和她直接发生关系，教楚楚的王老师也叫苦连天："那孩子浑身都是反叛细胞！我巴不得她赶快毕业，让她的小学老师头痛去！"

这天中午，为了说服楚楚跟她去吃饭，灵珊只得用骗术：

"阿香请假了，你家里没人，我带你去吃饭！"

"我不去！"楚楚简单地说，"我去丁中一家里玩！"

"丁中一又没有请你去！"

"我自己要去，不管他请不请！"

"我知道一个地方，有很好的霜淇淋吃！"

"我不爱吃霜淇淋！"楚楚把头转开。

"还有新鲜的樱桃！"

"我不爱吃樱桃！"

"还有香蕉船，还有汉堡牛排，还有煎饼，还有水果圣代，还有桃子派……"

楚楚用双手蒙住了耳朵："我不听你！我根本不听！"

灵珊大声说："好，你不来，那就算了！我反正已经请过你了，既然你不去吃霜淇淋，我就请丁中一去吃算了。"她往教室里就走，一面问着说，"丁中一呢？周晓兰呢？统统跟我吃霜淇淋去！我请客……"楚楚奔了过来，把小手硬塞进她的手中。

"阿姨，你先请我的！"她说。

"去不去呢？"

"去。"楚楚咽了一下口水，"我要吃桃子派，还要吃香蕉船。"就这样，楚楚跟着灵珊来到了福乐。

阿裴显然早就来了，她坐在一个角落里，正在抽着烟。脸色十分苍白，神情也相当紧张，但是，她并没有醉酒的痕迹，灵珊一直担心她通宵喝酒，会醉得不省人事，现在看来，她却是清醒的，而且，是相当兴奋的。

"楚楚，"灵珊把孩子推到前面来，用昨晚约好的方式介绍说，"这是张阿姨，是我的好朋友。"

楚楚抬头看着阿裴，阿裴手里的烟蒂掉在桌上，她握起一杯冰水，手微微地颤抖着，冰块撞着玻璃杯，发出叮当的响声。阿裴猛饮了一口冰水，眼睛蒙蒙眬眬的，始终没有说出一句话来。楚楚不在意这个张阿姨，她根本无心去管什么张阿姨。坐好之后，她就望着灵珊：

"阿姨，我可以吃香蕉船了吧！"

"你先吃客汉堡牛排，再吃香蕉船！"灵珊说，"不能一上来就吃霜淇淋。"

"我要先吃香蕉船！"楚楚又拗上了。

"不行，你要先吃汉堡。"灵珊也拗上了。

"就……就……就让她先吃香蕉船吧！"阿裴开了口，声音无法抑制地颤抖着。楚楚胜利地抬眼看着阿裴。

"张阿姨说可以！"她叫着。

灵珊看了阿裴一眼，叹了口气。"大人教育不好孩子，就在这种地方！"她妥协地说，"好吧，让她先吃霜淇淋，吃完霜淇淋，她不会再有胃口吃正经的中饭了。""就此一次！"阿裴虚弱地微笑着，"就这么一次。看在我面子上。"

灵珊叫了香蕉船，为自己点了客三明治，她问阿裴："你要吃什么？我猜你还没吃东西！"

"我不吃，"阿裴摇摇头，眼光如梦如幻地停驻在楚楚脸上，"我吃不下。"她伸出手去，情不自禁地轻轻触摸了一下楚楚的面颊，她的手刚握过冰水杯子，很冷，这一触摸，楚楚就直跳了起来，恼怒地叫："不要碰我！"

阿裴缩手不迭，目不转睛地看着楚楚。脸上有股不信任似的、受伤的、痛苦的表情。灵珊笑笑，故作轻松地解释说："这孩子绰号叫小刺猬。她对任何陌生人都是这个样子。她不喜欢人碰她。""陌生人？"阿裴喃喃地说，燃起了一支烟，她的手不听指挥，打火机上的火焰一直在跳动。"陌生人？"她再重复了一句，凝视着楚楚，声音凄恻而悲凉。

香蕉船来了，楚楚大口大口地吃着霜淇淋，和所有孩子一样，楚楚酷爱甜食，她吃得津津有味，阿裴看得津津有味。灵珊用手托着下巴，呆望着她们两个，一时间，心里像打翻了调味瓶，酸甜苦辣，什么滋味都有。

楚楚被阿裴看得有些不自在了，抬起眼睛来，她望着阿裴。阿裴眼里那份强烈的关切和动人的温柔，使楚楚莫名其妙地感动了，那孩子忍不住就对阿裴嫣然一笑。显然，楚楚对自己刚才的一声怒吼也有点歉意，她居然伸出手去，轻轻地在阿裴手背上抚摩了一下，细声细气地说："张阿姨，你好漂亮好漂亮呵！"

阿裴一震，眼睛陡然湿了。熄灭了烟蒂，她伸出手去，想抚摩楚楚的头发，又怕她发怒，就怯怯地收回手来。楚楚是"察言观色"的能手，虽然不知道这个张阿姨为什么对自己这么好，她却已经明白这个张阿姨"好喜欢好喜欢"她。她是善于利用机会的，三口两口就"解决"了自己的香蕉船，她说："我还要吃巧克力圣代！"

"你不能拿霜淇淋当饭吃！"灵珊说，"这样不行……"

"张阿姨！"楚楚求救地看着阿裴。

"灵珊！"阿裴急急地喊，"你就依她一次吧，就这一次！"她伸手叫了女侍，又点了一客巧克力圣代。

灵珊无可奈何地看着阿裴，三明治来了，但是，灵珊也没有胃口了。她只是看看阿裴，又看看楚楚。越看，她就越发现，这母女二人，有很多相似之处，都有漂亮的大眼睛，都有瘦瘦的小尖下巴，都有一种与生俱来的，令人无法抗拒的魅力。楚楚吃着她的巧克力圣代，她对这个"张阿姨"的兴趣来了。她吃一口圣代，抬头看一眼阿裴："张阿姨，你很像……"

"很像什么？"阿裴着魔般地问。

灵珊猛地一震，糟糕！她想起韦鹏飞保留的那张照片，楚楚不可能没看到过那张照片！楚楚一定记起了那张照片！楚楚认出来了，一定认出来了……

"很像电影明星！"楚楚天真地说。

灵珊长长地吐出一口气来。

阿裴勉强地微笑了一下，终于伸出手去，轻轻地握住了楚楚的小手，这次，楚楚没有像刺猬般伤人，反而对阿裴笑了笑。这笑容粉碎了阿裴的武装，瓦解了阿裴的意志，阿裴吸着鼻子，眼泪汪汪。"楚楚。"她轻声低唤，声音柔得像水，"楚楚，你……你怎么不胖呢？楚楚，你……你过得好吗？你快乐吗？你爸爸疼你吗？"

楚楚莫名其妙地看着阿裴。"我爸爸最疼我哩！"她睁大眼睛说，"可是，爸爸要娶后娘了，娶了后娘，就不疼我啦！"

"楚楚！"灵珊变了色，想岔开话题，"你吃完了没有？要不要吃点三明治？"

"我还要霜淇淋！"楚楚一眼看到女侍端着杯水果冻，就叫了起来，"我要吃那个绿绿的东西！"

"楚楚，"灵珊忍无可忍，"你不能这样乱吃！你一点主食都没吃，光吃霜淇淋怎么行？"

"那不是霜淇淋！"楚楚强辩着。

"那是水果冻。"

"我要吃水果冻！"

"不行！"

楚楚转头看着阿裴，娇娇地、媚媚地喊了一声："张阿姨，我要吃水果冻！"

阿裴又被这祈求声大大地震动了，她抬眼看灵珊。"就这一次！"她低低地、哀恳似的说，"就这一次，你让她吃吧！"

"阿裴？"灵珊蹙紧眉头，瞅着她，"什么就这一次？你已经一连使用了三次'就这一次'了！"

"我知道。"阿裴垂下了眼帘，看看桌面，又转头看看楚楚。这一看，她就再也没有办法把目光从楚楚脸上移开了。那孩子正凝视着她，脸上布满了天真的、可人的、温馨的、娇媚的笑意，眼珠黑如点漆，宛若明星，一瞬也不瞬地停驻在她脸上。阿裴呼吸急促，脸色苍白，牙齿紧紧地咬住了嘴唇，咬得嘴唇上全是齿痕。灵珊一句话也不再说，挥手又叫了一客水果冻。

当楚楚解决了水果冻，又要求桃子派的时候，灵珊从位子上直跳了起来："楚楚，我们该走了。我下午还有课！"

"你去上课，"楚楚居然有条理地吩咐，"我和张阿姨在一起，张阿姨，我陪你好不好？"

"不行！"灵珊斩钉截铁地说，拉起楚楚的手，一种近乎恐惧的醋意攫住了她，她忽然感到背脊发凉而冷汗了，"你跟我回去！"

楚楚挣脱了灵珊的手，一半是矫情，一半是任性，她直扑向阿裴，用小胳臂把阿裴拦腰抱住，脸孔整个埋进了阿裴的怀里，嘴里乱七八糟地嚷着："我要张阿姨！我不要你！张阿姨，你身上好香呵！张阿姨，你的衣服好软呵！张阿姨，我好喜欢好喜欢你呵！"她仰起小脸，直视着阿裴，"张阿姨，你来当我的老师吧，我不要她了！"

阿裴激动地揽住了楚楚，她手指颤抖地抚摸着楚楚的头发、面颊、肩膀、手臂……然后就猛地抱起那孩子来，死命地勒紧了她，再也控制不住自己，她满眼眶都是泪水，俯下头去，她疯狂地吻着楚楚的面颊、鼻子、额头……嘴里喃喃地、痛楚地呼唤着："楚楚，楚楚，我的楚楚！我的小楚楚！"

灵珊心惊胆战，那种恐惧的感觉一下子紧紧地包围住了她，再也顾不得礼貌，顾不得面子，更顾不得阿裴的情绪，她死命拉开了楚楚，几乎是把楚楚从阿裴怀里抢下来。她拖着楚楚就往外面走，逃难似的逃出了福乐。楚楚牛脾气发了，开始在那儿尖声怪叫："我要张阿姨，我要张阿姨，我不要你！我不要你！我要张阿姨！"灵珊叫住了一辆计程车，拉着楚楚就上了车，车子绝尘而去。灵珊回头张望，正一眼看到阿裴从福乐里冲了出来，呆呆地站在路边上。风鼓起了她那软绸的衣衫，飘飘扬扬，衣袂翩然。她那惨白的面颊和那身衣服相映，像极了古罗马时代的大理石雕像。到了安居大厦，把楚楚交给阿香，灵珊就赶去上课了。一直到了幼稚园里，她耳边还响着楚楚的呼叫声，那呼叫声像山谷里的回响，连绵不断地，总是在那儿重复："我要张阿姨，我要张阿姨，我不要你！我不要你！我要张阿姨……"这一个下午，灵珊都神思恍惚，总直觉地感到自己做错了一件事，千不该，万不该，不该答应阿裴的请求，让她们母女见面。但是，面已经见过了，有任何不良的后果也已经逃不掉了。黄昏时，一下了课，她就迫不及待地往韦家跑，还好，什么事都没有。阿香说，楚楚很乖，只是把一个洋娃娃给分尸了。对那暴戾成性的楚楚来说，分尸一个洋娃娃，简直是不稀奇的事。晚饭后，灵珊和韦鹏飞又坐在客厅里，计划着他们的未来。灵珍的婚期已经定在七月中旬。因此，灵珊坚持要拖到明年再结婚，她的理由是："无论如何，总该让姐姐先结婚，姐姐嫁了以后，爸妈可能心理上会有些孤独，我该多陪陪爸爸妈妈……"

"别傻了，灵珊！"韦鹏飞打断了她，"婚后，我们又不搬家，两家对门而居，你还不是可以整天待在娘家，和现在并没有什么两样……"

"既然没什么两样！"灵珊说，"那就不用结婚了！还结婚干吗？当一辈子爱人，可能比结婚好！"

"你休想！"韦鹏飞把她拥进了怀里，鼻子对着她的鼻子，眼睛对着她的眼睛，"我要娶你，我要占有你，我要你姓我的姓！"

"你自私！"

"世界上没有不自私的爱情！"

她打了个寒战，这句话，她听阿裴说过。

"怎么了？"他敏感地问，没忽略掉她的战栗。

"没什么。"她掩饰地。

"让我换一种说法吧！"韦鹏飞把她拥得更紧，"我要我属于你，完完全全的。要用我以后的生命，对你做个完整的奉献。我没有办法抹杀掉我的过去，而我的未来，比我的过去长久，比我的过去优秀，比我的过去成熟……我要把它给你！每一分钟，每一秒钟，每一个月，每一年，我要给你！"

她凝视他，眼底流动着光华。于是，他俯下头来，紧紧地、深深地吻住了她。有好一会儿，他们就这样紧贴着，拥吻着，一动也不动。半晌，他才低声说："我们尽快结婚吧！和灵珍同时，好吗？"

"不好，要明年夏天。"

"今年秋天？"他商量地。

"明年春天吧！"

"你不要和我讨价还价。"他撒赖地说，"记得吗？是你提议结婚的，你向我求婚，我答应了，你又推三阻四起来了。"

"我向你求婚吗？"她惊叹地说，"你……你真……真……"

他立即吻住她："不许生气！我和你开玩笑。"他吻着她的头发，又吻她那小小的耳垂，"哦！灵珊，嫁我吧！马上嫁我吧！我要你，等不及地要你！后天，明天，或今天！嫁我吧！我发疯一样地要你……"

"你以前也是这样发疯一般地要阿裴吗？"她忽然说。

他陡然地推开她，愣住了。热情迅速离开了他，他的脸色僵硬，眼光阴郁，那种凶猛的、阴骛的神态又来到了他的脸上，他瞪着她，喉咙低沉而沙哑："何苦？灵珊？你何苦要说这些？你何苦要破坏掉我们的甜蜜？你何苦这样残忍？"

灵珊睁大了眼睛，恐惧、懊悔、烦恼同时向她袭来，她怔了两秒钟，就骤然投身在他怀里，抱住他，把含泪的眼睛埋在他那宽阔的肩头，她一迭连声地叫着说："原谅我！原谅我！我疯了，我不知道在说些什么？我吃她的醋！我一直在吃她的醋！原谅我，鹏飞！我是那么嫉妒她，嫉妒她曾经占有过你！"

韦鹏飞扶起了她的头，用双手紧紧捧住，他凝视她的眼睛，深沉地、执拗地、哑声地说："灵珊，我怎样可以把这个阴影从我们中间剔除？我怎样可以？"

"不不，"她急促地说，泪珠在眼眶中打转，"不不！没有阴影！我们之间没有阴影！我再也不提她了，我发誓不提了，你原谅我……"

他一把搂紧了她："不要再说！"他喉咙哽塞，"是我该请你原谅！灵珊，你原谅我吧！"

"原谅你什么？"

"原谅我在认识你以前，要去爱别人！原谅我在认识你以前，要去娶别人！"

"哦！鹏飞！"她喊着，紧紧地、紧紧地把头依偎在他肩上，"我们都不提了，好不好？我们都忘记掉那一段，好不好？"

他抚摸着她的头发，恻然无语。室内有短暂的沉寂，然后，有个细细的、软软的童音，打破了这阵甜蜜的、温存的静默："爸爸，阿姨，你们看我的洋娃娃！"

灵珊慌忙抬起头来，和韦鹏飞分开了。他们同时向楚楚看过去，只看到楚楚手中，捧着一个用积木搭成的"家庭"，那"家庭"里有好几个洋娃娃。楚楚把那"家庭"放在桌上，从中间拿起一个洋娃娃，那是个穿着围裙，戴着小白帽子，用布制的，淑女型的洋娃娃。她举着它，灵珊仔细一看，那洋娃娃已手断足折，正是阿香说，被"分尸"了的那一个。她说："你把洋娃娃弄坏了！"

"是的，我把她弄坏了。"楚楚说，"可是，我这里还有好的。"她一个个地拨弄着那"家庭"里的每一分子，一面数说着："这个是爸爸，这个是阿香，这个是我，这个……"她举起一个特别漂亮的洋娃娃，笑着说，"是张阿姨！"最后，她再举起了那个手断足折的，说："这个……是你！"

灵珊的脸色顿时雪白，心脏一下子就沉进了一个又深又冷的冰窖里。她的思想、意识、感情都在刹那间被击碎了。掉转身子，她往门外跑去，韦鹏飞一伸手，就牢牢地抓住了她的手腕。灵珊回过头来，她的眼睛睁得又圆又大，里面盛满了恐惧和悲切，她低低地说："我知道了！我不可能摆脱掉那阴影！永不可能！放开我！让我回去好好想一想。"

他放开了她，回过手来，他一手就把桌上那个"家庭"打落在地上。大踏步跨过去，他用力践踏着那个"家庭"，把所有的积木和洋娃娃都踏成碎片。楚楚惊呼了一声，尖叫着："我的洋娃娃！我的洋娃娃！"

韦鹏飞举起手来，毫不考虑地就对楚楚重重地挥去一掌。灵珊闪电般扑过来，用身子遮住了楚楚，韦鹏飞这一掌就打在灵珊头上，灵珊头中嗡然一响，天旋地转，身不由己地跌倒在地毯上。刹那间，室内是一片死样的沉寂。楚楚吓呆了，灵珊吓呆了，韦鹏飞也吓呆了。

　　似乎过了一个世纪那么长久，灵珊才有了意识，她看到韦鹏飞在她身边跪了下来。他伸手扶起她，再托起她的下巴，注视她的眼睛，他们两人对视着，两人眼里都充满了惊惧、恐慌与痛楚。然后，他们就一言不发地，紧紧地抱在一起了。

　　楚楚仍然呆立在一边，愣愣地看看他们。

第十六章

接下来的一段日子，表面上十分平静。

夏天来了，刘家上上下下，充满了一片喜气，灵珍和张立嵩在多年相恋之后，终于择定七月结婚。从五月开始，刘家就忙翻了天，买衣料，做礼服，选家具，订礼堂，买首饰，备嫁妆……不知怎么有那么多事要做、要忙。连灵武也跟在里面忙，印请帖，买鞭炮，跑腿，打杂……都是他。他笑嘻嘻地说："忙完大姐，就该忙二姐了。"

"忙完二姐，就轮到你了！"张立嵩说。

"我？早着呢！"灵武也不害臊，大大方方地说，"我的女朋友，要比我小得多才好！"

"那么，你等楚楚长大！"灵珍说。

"少胡扯！"刘太太插嘴，"乱了辈分了！"

"哈！"灵珍笑着说，"妈，假若灵武真爱上楚楚，在血统上是毫无关系的，在辈分上差了一辈，这算不算是乱伦？"

"当然算!"刘太太说,"上次有部电影开拍,因为女主角叫了男主角的母亲一声干妈,新闻局都不批准。可见,我们中国人对'伦'字看得多重。"

"我倒知道真有这样一个故事,"刘思谦说,"我有个朋友,他就爱上了他姐夫和前妻所生的女儿。两个人虽然辈分不同,但年龄只差两岁,完全是郎才女貌,天造地设的一对,就是无法结婚。"

"后来怎么办?"灵珊急急地问。

"后来吗?"刘思谦慢腾腾地说,"姐姐同情弟弟,父亲爱护女儿,最后,姐姐和姐夫离婚,成就了小的一对。姐姐姐夫一离婚,姻亲关系中止,也就无'伦'可乱了。"

"拆散一对,成就一对,这也没什么道理。"刘太太颇不以为然,"故事倒蛮动人的。"

灵珍说:"是个很好的小说材料,只是,写了会挨骂,被称为'畸恋'。"

"小弟,"张立嵩正色对灵武说,"所以,你千万别去喜欢楚楚,此事危险!大大的危险!"

"你们少胡扯了!"灵珊笑着骂。

"那个小魔头吗?"灵武也笑着骂,"只有神经不正常的人,才会喜欢她!她是个小魔鬼,小野兽!"

而这些日子来,这个小魔鬼、小野兽却出奇地听话,自从那一天,灵珊代她挨了一掌之后,她似乎也有点良心发现,对灵珊,她不像前一阵那样暴戾嚣张了,也不像前一阵那样任性乖讹了。但是,灵珊总觉得,这种平静只是表面上的,隐隐中，总有那么一种不安的情绪在灵珊内心深处蠢蠢欲动，也却总有那么一种不妥的感觉，经常使灵珊心惊肉跳而情绪不宁。果然，这天黄昏，灵珊一下了课，就发现阿香站在校门口等她，见到了她，阿香急急地说："二小姐，你有没有看到楚楚？"

"楚楚？"灵珊一怔，"她不是中午就回家了吗？"

"她没有回来，她不见了！"

"没有回来？"灵珊大惊，"中午你没接她吗？"

"我接了，她说去一下丁中一家，马上就回来，我想丁家就在隔壁大厦里，就让她去了，可是，刚刚我去丁家接她，丁中一说她根本没去！"

"有这种事？"灵珊心里闪电般掠过了一个念头，"这种情形是不是第一次发生？"她问。

"以前也有两三次，她说去丁家或者是吴慧慧家，可是，都在下午三四点钟，就自己回来了。像今天这么晚还不回来，还是第一次。"

"以前？"灵珊的脸色变了变，"多久以前？"

"就是最近一个月的事，"阿香傻呵呵地说，"她好像突然间喜欢交朋友了，以前，每次要她去找小朋友玩，她都不肯！"

"小朋友？"灵珊喃喃自语，"我真希望只是小朋友，但是，恐怕不是小朋友！"她抬头看着阿香，把自己手中的书本交给她："好，阿香，你先回去，帮我和家里说一声，别等我吃晚饭，我找楚楚去！"

"你——"阿香怀疑地说，"你知道楚楚在什么地方吗？"

"我想我知道！"灵珊说，"你走吧！放心，她不会有什么事。"她想了想，又叮嘱了一句："别告诉她爸爸她失踪了，就说她和我在一起呢，我负责把她带回来！"

阿香一走，灵珊就到公用电话亭里，找出自己随身携带的电话号码簿，拨了一个电话到阿裴家。

接电话的正是阿裴。灵珊劈头第一句话就问："阿裴，楚楚是不是在你那儿？"

阿裴顿了顿，接着，就长叹了一口气，说："灵珊，很对不起，你听我解释……"

"不用解释，"她打断了阿裴，"你只告诉我，她是不是在你那儿？"

"是的。我正预备送她回家。"

送她回家？灵珊看看表，这个时间，搞不好就会和韦鹏飞撞个正着！而且，这件事已经不对劲了，有问题了。她慌忙说："你别送她来，我去接她！"

挂断了电话，她叫了一辆计程车，就直奔阿裴家，好在，那晚上的记忆犹新，路并没走错，半小时后，她已经停在阿裴的房门口了。房门开了，阿裴习惯性地穿着一袭白衣，亭亭玉立地站在房门口。灵珊对她望去，不禁暗暗吃了一惊，一个月不见，她憔悴了好多好多，也消瘦了好多好多。她本来就瘦，现在看来更是瘦骨支离而弱不禁风。她眉梢带着轻愁，眼底带着幽怨，只有嘴角边却带着个盈盈浅笑，而那浅笑，看起来都是可怜兮兮的。灵珊深吸了口气，心想，她似乎在生病，要不然，是陆超完全背叛了她？想到这儿，灵珊就不自禁地对那套鼓望去，还好！那鼓依然放在墙角，很醒目，引人注意。灵珊走进屋来，这才看到楚楚，她坐在一堆靠垫中间，正玩着一种名叫 LEGO 的玩具，那是一块块小型的塑胶片，可以拼凑出各种不同的形状。目前，那儿已经拼好了一个大机器人和五六个小机器人。灵珊心中又一紧，她知道这种玩具奇贵，阿裴居然去买！而且，看样子，她们是母女在一块儿拼，才可能拼出这么多东西，楚楚自己，从来就没有这么大的耐心！

"灵珊，"阿裴手里还握着一块塑胶片，她追在她后面，讨饶似的说，"你别骂楚楚，都是我……我不好，我……我实在熬不住要去接她。我……我想她！灵珊，你不要生气，也不要骂她，好不好？"

楚楚一看到灵珊，就已经在那儿尖叫了：

"我不要回家！张阿姨，我要和你住在一起！我不要回家！张阿姨……"灵珊看了看这个局面，就一把拉住阿裴的衣袖，把阿裴一直拉进了厨房里，关上厨房的门，不要楚楚听到她们的谈话。她直截了当地说："阿裴，你不守信用！你答应过我，你只见她一面！"

"是的，灵珊。"阿裴坦白地说，眼珠黑幽幽地闪着光，"我很对不起你！"

"这不是对得起对不起的问题！"灵珊说，"你这样做对楚楚有害而无益！你教她撒谎，教她骗人，又带着她玩，耽误她念书……你这样做不是在爱她，根本是害她，你知不知道？"

"对不起。"阿裴再说，睁大了眼睛，眼珠雾蒙蒙地。一脸的逆来顺受，一脸的抱歉，一脸的可怜相。她只是一迭连声地说，"对不起，灵珊，实在对不起！"

"你不要一直说对不起！"灵珊有些冒火，"这孩子本来就是个小暴君，现在被你这样乱宠和溺爱，将来谁还管得好她？你怎么一点理智都没有？你……"

"我知道。"阿裴低低地说，"我一生都缺乏理智，每次做错事都因为没有理智。我……实在没办法。灵珊，"她沉吟地、轻轻地咬了咬嘴唇："你原谅我。有一天，你也会做母亲，那时候，你就会了解。"

"我如果做了母亲，"灵珊冲口而出，"我绝不抛弃我的女儿，如果真抛弃了，我就不再去搅乱她的生活！"阿裴一怔，霎时间，她那本就没有血色的脸，立刻变得更加惨白，她用手扶住水槽，身子晃了晃，似乎马上就要昏倒。灵珊大喊，慌忙抱住了她，急急地说："你别难过，我不是有意的！喂喂，你怎么了？"

阿裴摸索着坐进一张椅子里，灵珊看她脸色不对，身子又一直摇摇欲坠，就不敢放开她。她握住了她的肩膀，这才发现，她那肩胛瘦骨嶙峋。阿裴用手支住额头，半晌不语不动，然后，她呻吟着说："麻烦你递给我一杯酒，在……在客厅里！"

灵珊奔到客厅，楚楚又坐在靠垫堆中玩机器人。灵珊无暇去管楚楚，拿了酒瓶酒杯，她回到厨房。阿裴靠在椅子里，面如白纸，双目紧闭，她看来毫无生气，灵珊吓了一大跳，慌忙喊："阿裴！阿裴！"阿裴睁开眼睛来，对灵珊勉强一笑，灵珊才松了口气。倒了一杯酒，她递到阿裴唇边，阿裴接了过去，一仰而尽。灵珊担忧地看着她，问："阿裴，你是不是病了？你不舒服吗？"

"没有。"阿裴勉强地说，"我没病，我只是这儿不舒服，"她用手指指心脏："这是种不治之症。"

"心脏病？"灵珊问得傻气。她觉得，她在阿裴面前永远有点傻气。

"你知道不是心脏病。"阿裴低语，接过酒瓶来，她再喝了一杯酒，两杯酒下肚，她的面颊才稍稍透出了一点儿红色，"是心病。"灵珊怔怔地看着她。

"阿裴，"她歉然地说，"我刚刚说得太激动了，我并不是有意要刺激你。"

"我知道。"阿裴注视着手里的酒杯，她旋转着杯子，出神地望着那水晶玻璃折射出来的反光，"你说得很对，很有道理。灵珊，"她咬咬牙，"带她去吧，我答应你，我不再见她了！我不应该再见她了！我早就——没有权利见她了！"

灵珊站在那儿不动，像催眠似的看着阿裴。

阿裴终于振作起来了，把酒杯放在桌子上，她站起来，甩了甩披肩的长发，毅然地说："走吧！灵珊！带她去吧！"

灵珊被动地走向门边，伸手去扭动那门钮。

忽然间，阿裴的手盖在她的手上了，她回过头去，阿裴的眼睛亮晶晶的，脸上的神情十分奇异，她低声说："楚楚告诉我，你快要当她的后娘了！"

灵珊的心脏怦然一跳，她迎视着阿裴的眼光，默然不语。阿裴深深地凝视着她，一时间，她们对视，似乎都有千言万语，而都不知从何说起。半晌，还是阿裴先开口，她喉咙沙哑地说："请你好好照顾这个孩子！"

"只怕——她不肯接受我！"灵珊不由自主地说。

阿裴轻轻地摇摇头。"她会接受你！"她说，"她一直对我骂你，说你这样不好，那样不好，说你凶，说你可恶……但是，她从头到尾只谈你，不谈别人！她心里……"她深刻地、低沉地、有力地说："只有你，没有别人！"灵珊的心跳加速。"再有，"阿裴说，"恭喜你！你找了一个最有深度，最懂感情，最值得人倾心相许的一个男人！我常想，将来不知道谁有福气，能够得到他！"她上上下下地打量灵珊："灵珊，你们两个，都很有眼光。"灵珊的心跳得更快了，血液加速了运行，她无法说话，只是痴痴地注视阿裴。后者眼里逐渐被泪水充满，她颤声地再说了几句："记得我爱唱的一支歌吗？寄语多情人，花开当珍惜！灵珊，别轻视你手里拥有的幸福，永远别轻视！"

打开了房门，她在灵珊的神志还没恢复以前，就大踏步地跨进了客厅。楚楚已经在那儿不耐烦了，看到阿裴，她就扑了过去，叫："张阿姨，你带我去看电影！"

"不行！"阿裴说，"你要跟刘阿姨回家了！"

"我不要回家！我不要回家！"楚楚暴跳着。

阿裴蹲下身子，把楚楚紧拥在怀中，她拥得那么紧，好像恨不得把楚楚吞进肚子里去。然后，站起身子，很快地把楚楚推进灵珊怀里，粗声说："带她去吧！她是你的了！"

灵珊愕然地抓住楚楚的手，望着阿裴，阿裴走向酒柜边去倒酒，用背对着她们，哑声说："还不快走！"

灵珊蓦然间明白过来，阿裴是决心和楚楚永别了，也是和灵珊永别了，她不愿再来打搅她们的生活了。她曾有过的一切：楚楚、鹏飞、家庭、幸福……如今都是灵珊的了。她背对着房门，那背影修长、孤独、寥落地挺立在那空旷的房间里，挺立在那黄昏的暮色苍茫之中。

灵珊不敢再看她，不忍再看她。拉住楚楚走出房间，她带上了房门，像逃难般直冲下四层楼，到了楼下，她早已泪水盈眶而胸中酸楚。脑子里一直萦绕着的，是阿裴那孤独的背影和她那凄凉的语气："别轻视你手里拥有的幸福，永远别轻视！"

回到安居大厦，早已是万家灯火的时候了。怕韦鹏飞和阿香着急，她直接把楚楚送到四Ａ。心中在盘算者，关于楚楚的去向，该怎样对韦鹏飞说。还没盘算出个结果来，房门开了，接着，就是楚楚的一声欢呼："奶奶！奶奶！奶奶来了！我想死你了！我好想好想你啊！"

哎呀，不好！灵珊想，韦家二老来看儿媳妇了，自己穿得太随便了，还是先躲回家去再说。她正想悄悄溜开，韦鹏飞已一把握住了她的手腕，把她拖进了房里，笑嘻嘻地说："爸爸，妈，这就是灵珊！"

灵珊逃不掉了，站在那儿，她面对着韦先生和韦太太。

定睛一看，才发现这对夫妇年纪并不大，大约都只有五十岁，韦先生身材瘦高，相貌清冷，一副文质彬彬的样子。韦太太却已经发福，微胖而并不臃肿，高贵而不失雅致。两个人都注视着灵珊，面带微笑，却也都有种"评审"的意味。韦太太怀抱里还紧搂着楚楚。灵珊不敢多看，只觉得心脏怦怦乱跳，面颊发热，微微地弯下腰去，她清脆地喊了一声："韦伯伯！韦伯母！"韦太太上上下下地打量了她一番，就走过来，对灵珊和颜悦色地说："灵珊，我们早就要到台北来看你了，只因为你韦伯伯的工作太忙，走不开，拖到今天才来，你可别见怪。"

"伯母，您说哪儿的话？"灵珊慌忙说，"是应该我到高雄去给伯父伯母请安的，我没先去，劳动您两位先来，已经让我够不安的了，您别再和我客气吧！"

韦先生笑吟吟地望着灵珊："灵珊，听说你治好了我这个儿子的酗酒和忧郁症，又在治疗我孙女儿的坏脾气，你帮了我们两代……不，是三代的大忙，你要我们怎么谢你？"

"哎呀，韦伯伯，"灵珊面红耳赤地看着韦先生，又是羞又是笑地说，"您别和我开玩笑吧！我给他们的绝没有他们给我的多，我又该怎样谢您两位呢？"

"谢我们？"韦先生不解地，"为什么要谢我们？"

灵珊看了韦鹏飞一眼，含羞不语。

韦先生忽然会过意来，忍不住抚掌大笑。

"是，是！灵珊，你该谢我们，没有我们，哪儿有鹏飞，我们固然生了个好儿子，却也给你造就了个……"

"韦伯伯！"灵珊轻唤着，打断了韦先生的话。

韦太太一直在旁边左望灵珊，右望灵珊，从她的头看到她的脚，突然转过头去，对韦鹏飞正色说："鹏飞，你这孩子太可恶了！"

"怎么了？"韦鹏飞吓了一大跳，偷眼看灵珊，灵珊也微微变色了。

"你只告诉我们，灵珊多漂亮，多精灵，多秀气！你就没告诉我们，她是这么能言善道，这么落落大方，又这么知书达理的！你如果说详细一点，我们再怎么忙也要早些赶来看她的！假若我知道是这样一位大家闺秀呵，我早就放了一百二十个心了！"

韦鹏飞用手拍了拍胸口："妈，你可真会吓人，一句话吓得我心跳到现在，吓得灵珊脸都白了，你瞧！她就是怕你这个恶婆婆不好处，你还要故弄玄虚！"

"鹏飞！"灵珊喊，脸更红了，"你说些什么？"

"怎么？"韦先生笑着问，"你不愿意要这个恶婆婆吗？还是不想要我这个恶公公呢？"

"不，不是的……"灵珊一说出口，就发现上了韦先生的当，这表示她千肯万肯，迫不及待要当韦家的媳妇了。她可没料到，五十岁的韦先生还这么风趣洒脱。她虽然立即住口，韦先生已放声大笑，一边笑，一边说："恶婆婆，你还不把见面礼拿出来，给咱们这个漂亮的儿媳妇！"韦太太从皮包里拿出一个盒子来，里面是条镶钻的白金项链，灵珊慌忙说："不，不行，韦伯母，太名贵了！"

"别傻了!"韦鹏飞说,"妈的算盘早就打好了,送给你,你还不是带回韦家来,一点也不吃亏!"

"鹏飞!"韦太太边笑边骂,"你以为你妈是小气鬼吗?这孩子对长辈一点敬意都没有,灵珊,你可别学他!快过来,让我给你戴上。"

灵珊含羞带怯地走过去,弯下身子,让韦太太帮她戴上。韦太太笑着把她的长发掠了掠,满意地叹口气说:"到底是年轻人,穿什么都漂亮,戴什么都漂亮!"

"不是年轻人,"韦先生说,"是漂亮孩子,怎么打扮都漂亮!"

"韦伯伯,"灵珊惊奇地说,"韦伯母对你很放心吗?"

"怎么说?"韦太太怔了怔。

"我觉得韦伯伯是很危险的!"灵珊伸出手亲热地拉住韦太太的手,"韦伯母,韦伯伯好会说话!好会让女孩子喜欢!"

韦先生又大笑了起来,韦鹏飞也斜睨着灵珊笑,韦太太也笑,一时间,满屋子都是笑声。然后,楚楚细声细气地说了一句:"奶奶!我饿了!"

"哎哟!"韦太太叫,"我们把吃饭的大事都忘了,赶快,鹏飞,去隔壁告诉亲家们一声,咱们该出发到顺利园去了!"

"亲家?顺利园?"灵珊困惑地。

"你还不知道吗?"韦鹏飞说,"爸妈一来,就先和你父母攀上了交情,爸在顺利园订了一桌酒席……"

话没说完,大门开了,灵武满头大汗地伸进头来,嘴里乱七八糟地大叫大嚷着："对不起，铬钒钢，我二姐到现在还没回家……哎哟！二姐，你原来在这儿！我到处找你！你公公婆婆来了，你就连家都不要了……"

"小弟！"灵珊喊。

"正好，灵武，"韦鹏飞说，"我们该出发去吃饭了！你告诉你爸爸和妈妈一声。""爸爸，妈妈，大姐，张公子……全准备好了！"灵武说，"咱们这就走吧，铬钒钢！"

韦先生望着儿子，困惑地问："你能不能告诉我，你为什么要改名换姓？这铬钒钢三个字也还不错，但是，把祖宗忘了，总有点不妥！"

韦鹏飞还没回答，刘思谦已大踏步而来："这个吗？"刘思谦说，"这是个长故事，你应该问我，让我慢慢讲给你听！"

当两家人浩浩荡荡地出发去顺利园的时候，灵珊还轻飘飘的，像做梦一般。她实在无法相信，韦鹏飞的父母居然如此平易近人而又和蔼可亲。由于韦鹏飞第一次婚姻的失败，灵珊多少有点认为是韦家二老要负一些责任，认为他们可能是刁钻古怪而百般挑剔的！现在才知道恰恰相反，她耳边浮起阿裴刚刚的话："别轻视你手里拥有的幸福，永远别轻视！"

原来，这幸福是这么多，这么丰富，这么满满的一大捧啊！

第十七章

　　灵珍的婚礼过去了。刘家少了一个人，陡然好像清静了好多。尤其是灵珊，本来两个人住一间屋子的，现在搬走了一张床，房间就显得又大又空旷。晚上，没有人和她争执、吵嘴、辩论、抬杠以及互诉心事，她就觉得什么都不对劲了。有好长一段时间，她很不自在，一回到卧房，还会习惯性地推了门就说："姐，我告诉你……"

　　等到发现房间的变化，她才蓦然醒悟过来。站在那儿，想到灵珍终于嫁入张家，想到灵武常常念一首歌谣来嘲弄张立嵩，其中头两句就是："张相公，骑白马，一骑骑到丈人家……"

　　最后两句是："罢罢罢，回家卖田卖地，娶了她吧！"

　　现在，张相公不必骑马到丈人家来探望"她"了，因为，"罢罢罢"，他终于"娶了她"了！想着想着，她就会痴痴地傻笑起来。由张相公和灵珍的婚礼，她就会想到自己和韦鹏飞，婚期在两家家长的商量下，已定在年底。灵珊真不能想象，自己也结婚之后，家里会多么寂寞，好在，韦家和刘家是对门而居！真该感谢这种大厦！她模糊地想起，自己第一次在楼梯上捉住那又抓又咬的韦楚楚，那时，她何曾料到这竟是一段姻缘的开始！韦楚楚，想到这孩子，她就要皱眉，暑假之后，楚楚进了小学，她不再抓人咬人踢人打人，逐渐有了"小淑女"的味道。但是，她对灵珊的敌意却丝毫未减，从热战变成了冷战，她永远冷冰冰，永远尖利，永远保持着距离，永远是一座融解不了的冰山。难怪刘太太常说："韦家什么都好，鹏飞和他的父母都无话可说，只是，我最最不放心的，还是那个孩子！唉！人生都是缘分，也都是命！灵珊。"刘太太忽然想了起来，"那个邵卓生呢？他怎样了？有物件了没有？"邵卓生？扫帚星？少根筋？是的，灵珊有很久没有看到他了，只在灵珍的婚礼上，他匆匆前来道贺，婚礼未完，他就提早而去。以后，灵珊也失去了他的消息。但是，灵珊那么忙，忙于和韦鹏飞捕捉黄昏的落日，忙于享受青春，享受恋爱，她哪儿还有精神和时间去管邵卓生？

可是，这天黄昏，邵卓生却来找她了！

已经是初秋时分，白天就整天阴云欲雨，黄昏时，天气是暮色苍茫而凉意深深的。幼稚园门口的凤凰木，已经开始在落叶了，地上，那细碎的黄叶薄薄地铺了一层，像一片黄色的氍毹。邵卓生站在凤凰木下，依旧瘦高，依旧漂亮，只是，那往日憨厚而略带稚气的面庞上，如今却有了一份成熟的、深沉的抑郁。"灵珊，我们散散步，走走，谈谈，好不好?"他说。连语气里都有种深沉的力量，让人无从拒绝。

"好的。"灵珊抱着书本，跟他并肩走在那铺满红砖的人行道上。"你什么时候结婚?"邵卓生问。

"年底吧!"灵珊答得直爽。

"快了嘛!"他深深地看了她一眼。

"是快了。"他望着脚底的红砖，沉默地往前跨着步子，好像他要数清楚脚底下有多少块方砖似的。半晌，他才笑笑说，"灵珊，你知不知道，有一段时间，我真希望能够娶你。"

"还提它做什么?"灵珊故意淡淡地说，也望着脚下的方砖，心里浮起了一丝歉意。但是，那歉意也像秋季的晚风，飘过去就不留痕迹了，"我想，每个人有每个人的命运，属于他的，他丢不掉，不属于他的，他要不来! 邵卓生，总有一天，属于你的那份幸福，会到你身边来的!"她微侧过头去打量他，"或者，已经来了?"

邵卓生黯然一笑:"或者，我有些命苦，"他说，"我永远在追求一份不属于我的东西。"

"你的意思是……"她不解地，"算了，别谈这些!"

他打断她:"灵珊，我祝你幸福! 我想，你的选择一定是对的，你需要一个比较成熟，有深度，能给你安全感和有男性气概的男人!"

"噢，"她惊奇地望着他，"你变了! 邵卓生，你好像……好像……"

"长大了?"他问。

"是的，长大了。"

"人总要长大的呀！"他笑笑，"总之，灵珊，我要祝福你！"

"总之，我要谢谢你！"她也微笑了笑。

他又开始沉默了，走了一大段，他都是若有所思的。灵珊明白，他今天来找她，绝不止于要说这几句祝福的话，她在他眉梢眼底，看到了几许抑郁和几许烦忧，他是心事重重的。

"邵卓生，"她打破了沉默，"你有事找我吗？"

"是的。"邵卓生承认了，抬起头来，他定定地看着灵珊，低语了一句，"为了阿裴！"

"阿裴？"她浑身一震，瞪视着邵卓生，冲口而出地说，"你总不至于又去欠阿裴的债吧？"

"你别管我，我这人生来就为了还债的！"

灵珊呆了，怔怔地看着邵卓生，她是真的呆了。以往，她曾有过隐隐约约的感觉，觉得邵卓生可能喜欢阿裴，但是，这感觉从未具体过，从未证实过。现在，由邵卓生嘴里说出来，她才了解他刚刚那句"我永远在追求一份不属于我的东西"的意义。她想着自己、阿裴、韦鹏飞、邵卓生、陆超……之间种种错综复杂的关系，忍不住深深地吸了口气。"人与人之间，像一条长长的锁链，"她自言自语地说，"一个铁环扣住另一个铁环，每个铁环都有关联，缺一不可。"邵卓生没有搭腔，他对她的"锁链观"似乎不感兴趣，他的思想沉浸在另一件事情里。

"灵珊，"他低沉地说，"陆超终于把他的鼓拿走了。他是趁阿裴去歌厅唱歌的时候，偷偷开门拿走的。你知道，他把鼓拿走就表示和阿裴真的一刀两断了，再也不回头了，他拿走了鼓，还留下了房门钥匙，和——一笔钱，他把陆续从阿裴那儿取用的钱全还清了，表示两人之间是干干净净了。"

"哦？"灵珊睁大了眼睛，有种近乎恐惧的感觉从她内心深处往外扩散，她觉得背脊发冷，"那么，阿裴怎么样？"

"那晚，是我从歌厅把她送回家的，她一看到鼓不见了，再看到钥匙和钱她就晕过去了。这几天，她一直病得昏昏沉沉的，我想把她送医院，可是她不肯，她说，或者陆超还会回来！"

"她……她……"灵珊急得有点口齿不清，"她还在做梦！她怎么傻得像个呆子！""我很担心，灵珊。"邵卓生深深地望着她，"阿裴的情况很不妙，她似乎无亲无故，她的父母好像都在国外，她告诉过我，父母都和她断绝了关系，只因为她坚持和陆超在一起。现在，她又病又弱，不吃不喝，医生说，她这样下去会凶多吉少，我……我实在乱了方寸，不知道该怎么办才好！昨晚，她和我谈到你，她一直谈你，昏昏沉沉地谈你。于是，我想，你或者有办法说服她去住院！"

灵珊瞪大眼睛直视着邵卓生，急得破口大骂："邵卓生，我还以为你进步了，原来，你还是少根筋，莫名其妙！"

"怎么？"邵卓生尴尬而不安，"我也知道不该把你卷进来，我明白你们两个之间的关系微妙……"

"微妙个鬼！"灵珊说，"我骂你，是因为你糊涂，因为你少根筋，阿裴病得要死，而你还在跟我兜圈子，闹了那么大半天才扯上主题，你真要命！"她挥手叫住了一辆计程车，"等什么？我们还不赶快救人去！"

邵卓生慌忙跟着灵珊钻进车子，大喜过望地说："灵珊，怪不得阿裴一直夸你！"

"她说我什么？"

"她说你单纯，你善良，你会得到人生最高的幸福！说完，她就哭了，哭了好久好久。"

灵珊心中发热，鼻中酸楚。一路上，她不再说话，可是，在她心里，总有那么一种紧张的、恐惧的感觉，越来越重地压迫着她。她心惊胆战，好像大祸临头了似的。车子越驶近阿裴处，这种预感就越强烈。好不容易，车子到了，他们跳下了车，冲进公寓，连上了四层楼，邵卓生取出钥匙来开了门。灵珊心里闪过一抹好奇：原来邵卓生也有阿裴的钥匙！然后，她就冲进房间，直接奔向阿裴的卧室，推开房门，灵珊就愣住了。房里空空如也，一个人影也没有，床上的被褥凌乱，证明刚刚还有人睡过。灵珊推开浴室的门，也没有人，灵珊扬着声音喊："阿裴！阿裴！阿裴！"

同时，邵卓生也在厨房里、阳台上到处找寻，最后，他们都确定房里并没有人，阿裴不见了。站在客厅里，他们两个面面相觑。"你什么时间离开阿裴的？"灵珊问。

"去找你的时候，大概五点钟。"

"那时候她的情形怎么样？"

"今天比较好些，医生给她打了针，她好像精神好多了，还下床弹了一会儿吉他。"

"她说过些什么吗？"灵珊尽力思索，在记忆的底层，有那么一线闪光在闪动。

"她说过一句比较古怪的话。"

"什么话？"

"她说——她应该——"忽然间，邵卓生脸色发白，他瞪着灵珊，"她说她要杀掉他！我以为——那只是她的一句气话！"他猛然往厨房冲去。

"你干吗？"灵珊问，"我找刀，她有一把好锋利的水果刀，有次她拿那把刀削椰子壳，削得好容易，当时，她笑着说：这刀子用来杀人倒简单！"灵珊的背脊发麻，浑身的鸡皮疙瘩都起来了。

"刀呢？"她哑声问。

邵卓生在抽屉中一阵乱翻："没有了。她带着刀子走了。"他恐惧地望着灵珊，"她手无缚鸡之力，难道她会……"

"陆超住在哪里？阿秋家吗？"灵珊急促地问，"你认不认得那地方？"

"认得。"

"我们去吧！快！"冲下了楼，叫了车，阿秋家在天母，车子似乎永远开不到，这条路漫长得像是永无止境，而灵珊的血液却一点一滴地凝结了起来。她仿佛已经看到陆超，浑身的血，胸口插着利刃。而阿裴呢？弱不禁风的，瘦骨娉婷的，穿着一袭飘飘欲仙的白衣，却戴着脚镣手铐……她激灵灵地打了个冷战。

终于，车子停在一栋花园洋房的前面。这花园洋房，灵珊在耶诞节晚上来过，只是当时已经醉得昏昏沉沉，几乎没有什么印象了。邵卓生按了门铃，回头对灵珊说："看样子没有事，这儿安静得很。如果有什么意外发生，不应该这样平静。"真的，这儿绝不像个"凶杀案现场"，灵珊透了口气。心想，自己是侦探小说看多了，幻想未免太丰富了一些。正想着，门开了，一个下女站在门口。

"请问，阿裴有没有来？"邵卓生问。

"刚来不久！"

刚来不久？灵珊的心又怦怦乱跳起来。果然，她来了这儿，带了刀子来这儿，还会有好事吗？

"陆先生在不在？"她急急地问，或者陆超不在家。

"在呀！他们都在客厅里！"下女让到一边。

灵珊不再多问，跟着邵卓生就走进一间好大、好豪华的客厅里。一进去，灵珊就看到了阿裴：又瘦，又憔悴，又苍白，又衰弱，她有气无力地仰靠在一张沙发里，手中握着一杯酒。陆超正站在她面前，沉吟地、含笑地、若有所思地望着她。那个阿秋，穿着一身极漂亮的黑色紧身洋装，斜倚在壁炉前面，手里也握着一杯酒，在慢腾腾地浅斟低酌。他们三个似乎在谈判，在喝酒。室内的气氛并不紧张，哪儿有凶杀？哪儿有血案？灵珊简直觉得自己赶来是件愚不可及的事，是件多此一举的事。

"啊哈！"陆超叫着说，"阿裴，你还有援兵吗？"

阿裴抬眼看到灵珊，阿裴似乎微微一怔。她瘦得面颊上都没有肉了，两个眼睛显得又黑又大，里面却燃烧着某种令人难以相信的狂热。这是一只垂死的野兽的眼光，灵珊暗暗吃惊，又开始莫名其妙地紧张起来，恐慌起来。"我们来接阿裴回家，"邵卓生说，"她在生病！"

"你是个难得遇到的情圣！"陆超对邵卓生说，语气里带着些嘲弄，"你知道她来干什么吗？"

"找你。"邵卓生答得坦白。

"你知道她带了这个来吗？"陆超忽然从身后的桌子上取了一把明晃晃的尖刀，丢在地毯上。那尖刀落在阿裴的脚前，躺在那儿，映着灯光闪亮。果然！她带了刀来的！

灵珊深吸了口气，不解地望着阿裴，既带了刀来，怎么没行动？是了，她衰弱得站都站不稳，哪儿还有力气杀人？刀子当然被抢走了。阿裴看到那把刀落在脚前，她立即痉挛了一下，身子就往沙发处缩了缩。天哪，她哪里像杀人者？她简直像被害者！看了刀自己就先发抖了。

"很好，你们两个是阿裴的朋友。"陆超继续说，沉着、稳重而坦率，他的目光注视着阿裴，"阿裴，让你的朋友做个证人，今天把我们之间的事做个了断！"

阿裴瑟缩了一下，眼光下意识地望着地上的刀子。

"我们当初在一起的时候，是不是说好了的，两个人合则聚，不合则分，谁也不牵累谁？是不是？"陆超有力地问。

阿裴轻轻地、被动地点了点头。

"是不是说好了只同居，不结婚，谁对谁都没有责任？也没有精神负担？"他再问。

她又点点头。

"你跟我的时候，我有没有告诉你，我这个人是不可靠的？不会对爱情认真，也不会对爱情持久的？"

她再点点头。

"我有没有劝你，假如你需要的是一个安定的生活，忠实的丈夫，最好别跟我！"

她继续点头。

"那么，我陆超有什么地方对不起你？你说？"

阿裴眼神迷乱地摇了摇头。

"既然我没有地方对不起你，"他咄咄逼人地走近她，"你今天带了这把刀来做什么？来兴师问罪吗？我有罪没有？"

她再摇头，眼神更加迷乱了，脸色更加惨白了，嘴唇上一点血色也没有，她像个迷路的、无助的、等待宰割的小羔羊。

"既然我没有罪，"他半跪在她面前，拾起了地上那把刀，盯着她的眼睛问，"你拿着刀来这儿，是想用这把刀胁迫我跟你回去吗？你以为我是什么人？会屈服在刀尖底下的人吗？还是……你恨我？想杀掉我？"

阿裴浑身发抖，她退缩地往沙发深处靠去，举起酒杯，她颤抖着喝干了那杯酒，就把酒杯放在身边的小几上。

"你没有本事得到一个男人的心，就把他杀掉吗？"他逼近了她，强而有力地问。忽然间，他把刀倒过来，把刀柄塞进她的手中，"那么，你杀吧！你有种，今天就把我杀了，否则，你永远不要来纠缠我！"

阿裴被动地握住了刀，身子越发颤抖，她的目光痛楚地凝视着陆超，那眼光充满了哀怨、祈求、无奈和悲切，她的嘴唇动了动，想说话，却没有声音。

"你犹豫什么？"陆超问，浓眉英挺，自有一股凛凛然不可侵犯的威严，"你有理由，你就杀我！你杀不了我，就放开我！你明知道我不可能当一个女人的奴隶，你明知道！我从没有用花言巧语来骗过你，是不是？"

阿裴点点头。费力地咽了一下口水，她终于轻轻地、一个字一个字地说："你对了！我没有理由杀你，没有理由责备你！我自以为洒脱，自以为坚强，自以为聪明，事实上，我愚蠢无知而又懦弱无能，我做错每一件事。"她蓦然举起刀来，厉声说，"我不再纠缠任何人，我一了百了！"比闪电还快，那刀已插入了阿裴另一只手的手腕。

灵珊和阿秋同时尖声大叫，灵珊在阿裴举刀的时候，就冲过来了，当时她只担心她会去刺杀陆超，怎么也没料到，她会一刀刺入自己的手腕，那鲜血喷溅了出来，陆超伸手一抓，没抓住刀子，只捉住阿裴的手，他哑声惊喊："你干什么？"

"还你自由。"她微笑着说，"我不怪你，我只是讨厌我自己，讨厌我的被讨厌！"她的身子往地毯上软软地溜下去。

邵卓生扑过来，从地上一把抱起了她，刀子落在地上，她手腕上的血染得到处都是。阿秋的脸色惨白，她奔过来，不住口地、惊慌地叫着嚷着："阿裴，你何苦这样？你为什么要这样？"

"先止血！"灵珊喊，紧急中还不失理智，她用手紧紧地握住阿裴的手腕，"给我一根带子！"

阿秋把腰上的衣带抽了下来，灵珊飞快地缠紧了阿裴的胳膊，用力系紧那带子，在大家忙成一团的时候，阿裴始终清醒，也始终面带微笑，看到阿秋，她低语了一句："阿秋，希望你比我洒脱！"

　　"阿裴，阿裴！"邵卓生喊，一面对陆超大叫，"你还不去叫辆车！我们要把她送医院！"

　　一语提醒了呆若木鸡的陆超，他飞奔着去拦车子，邵卓生抱着阿裴往屋外走，阿裴看了看灵珊，做梦似的低语："我想不出我有什么不放心的事！"她的眼光温柔地落在邵卓生脸上，声音低柔得像一声叹息，"扫帚星，我下辈子嫁给你！"闭上眼睛她的头侧向邵卓生怀里，一动也不动了。

第十八章

　　紧接下来是好长一段时间的凌乱，像几百个世纪那么长。医院、急救室、血浆、生理食盐水、手术房、医生、护士……灵珊只觉得头昏脑涨，眼花缭乱而心惊肉跳。然后就是等待、等待、等待……无穷无尽地等待，永无休止地等待。她和邵卓生坐在手术室外的候诊室里。陆超和阿秋，一直站在视窗，眺望着窗外的灯火。房间里有四个人，但是谁也不说话。静默中，只看到护士的穿梭出入，血浆瓶的推进推出。最后，终于有个医生走出来了。"谁是她的家属？"医生问，眼光扫着室内的四个人，"谁负她的责任？"四个人你看我，我看你，竟没有一个人答话。

　　"你们没有一个是她的家属吗？"医生奇怪地问。

　　灵珊忍不住站了起来："医生，她怎么样了？救得活吗？如果你需要签什么字，我来签！"

　　"她要住院，你们去办理住院手续！"

灵珊大喜，差点眼泪就夺眶而出了，她忘形地抓住了医生的手腕，一迭连声地叫着说："她活了！是不是？她会活下去，是不是？她没有危险了！是不是？""等一等！"医生挣脱了她的拉扯，严肃地看着她，"你是她的什么人？"

灵珊愣了愣。"朋友。"她勉强地说。

"她的父母呢？"

"她——没有父母。"

"兄弟姐妹呢？"

"她——"邵卓生走过来了，"也没有兄弟姐妹。医生，你可以信任我们，我们负她的全责。医药费、保证金、手术费……我们全负担！"

那医生蹙紧眉头，面容沉重："你们先给她办好住院手续，送进病房去，我们都只有走着瞧！"

"走着瞧？"灵珊结舌地说，"这……这是什么意思？她……没有脱离危险吗？""她的情况很特别，"医生诚恳地说，"按道理，这一点刀伤流不了太多的血，不应该造成这么严重的后果，可是，她原先就有极厉害的贫血症，还有心脏衰弱症、胃溃疡、肝功能减退……她一定又抽烟又喝酒？"

"是的。"灵珊急急地说。

"她本来就已经百病丛生，怎么还禁得起大量失血？我们现在给她输血，注射葡萄糖，她一度呼吸困难，我们用了氧气筒……现在，她并没有脱离危险，我们先把她送进病房，继续给她输血，给她治疗……大家都只有走着瞧！我们当然希望救活她！"医生转身走开了，走了几步，忽然又回过头来，"我最怕治疗这种病人，"他冷冷地说，"别的病人是求生，他会和医生合作，这种病人是求死，他和医生敌对。即使好不容易救活她，焉知道她不会再来一次？你们是她的好朋友，应该防止这种事情发生呵！"

医生走开了。灵珊和邵卓生面面相觑。然后，手术室的门戛然一响，阿裴被推出来了。灵珊本能地奔了过去，看着她，灵珊真想哭。她的手腕上插着针管，吊着血浆瓶，被刀所割伤的地方厚厚地绑着绷带，鼻子里插着另外一根管子，通往一个瓶子，她身边全是乱七八糟的管子、瓶子、架子……她的脸色和被单一样白，双目紧紧地合着，那两排又长又黑的睫毛，在那惨白的面颊上显得好突出。她这样无助地躺着，了无生气地躺着，看起来却依然美丽！美丽而可怜，美丽而凄凉，美丽而孤独！邵卓生静静地看了她一眼，眉头紧锁着，然后，他毅然地一甩头，说："灵珊，你陪她去病房，我去帮她办手续。"

陆超到这时候，才大踏步地跨上前来："邵卓生，给她住头等病房，所有的医药费由我来出！"

"是的，"阿秋急急地接话，"不要省钱，我们出所有的钱！"

我们，我们！我们？怎样一场爱情的游戏？用生命做赌注的游戏！灵珊直视着陆超，有股怒气压抑不住地在她腔中鼓动，她无法控制自己的舌头。"你出所有的医药费？"她盯着陆超，"是想买回她的生命？还是想买你良心的平安？"

陆超挺直了背脊，他一瞬也不瞬地迎视着灵珊，他的脸上既无悔恨也无歉意，他的眼睛亮晶晶的，一脸的严肃，一脸的郑重，他低沉、清晰而有力地说：

"我不用买良心的平安，因为我的良心并没有不安！她寻死，是她太傻！人生没有值得你去死的事！为我而寻死，她未免把我看得太重了！"他掉过头去，对阿秋，"我们走吧！"

他们走到门口，陆超又回过头来："我出医药费，只觉得是理所当然，因为她是我的朋友！"他顿了顿，又说，"我会送钱来！"

"除了钱，"灵珊急急地追问，"你不送别的来吗？一束花？一点安慰？一张卡片？"陆超瞪着她，好像她是个奇怪的怪物。

"灵珊，"他深沉地说，"你难道不懂吗？她不需要花，不需要安慰，不需要卡片……她需要的是爱情！我给不了她爱情，给她别的又有何用？"

"你……你真的给不了她爱情吗？"灵珊觉得自己在作困兽之斗，"你曾经爱过她的，是不是？"

"曾经，曾经是一个过去式。灵珊，阿裴过去也爱过一个男人，那男人也死心塌地爱过她。而今——这份感情在哪里？何必硬要去抓住失去的东西？"他紧盯着灵珊，"你不会了解我，我有我的人生观，我活着，活得真实。我不自欺，也不欺人，阿裴当初爱我，就爱上我这一点，我不能因为她寻死就改变我自己。这样，即使我回到她身边，那不是爱，而是被她用生命胁迫出来的，我会恨她！她如果聪明，总不会要一个恨她的男人！"灵珊糊涂了，被他搅糊涂了，也被这整个晚上的事件弄糊涂了。她眼睁睁地看看陆超挽着阿秋，双双离去，她竟不自觉地，自言自语般地说了句："希望有一天，阿秋会遗弃你！"

陆超居然听到了，回过头来，他正视着灵珊："很可能有那一天，人生的事都是不能预卜的！如果到了那一天，我会飘然远行，绝不牵累阿秋。"

他们走了。灵珊傻傻地站在那儿，傻傻地看着他们两个的背影，忽然有些明白，阿裴为什么会对他这样如痴如狂，五体投地了。真的，他活得好"真实"，活得好"洒脱"，也活得好"狠心"！阿裴被送进病房了，躺在那儿，她始终昏迷不醒。那血浆瓶子吊在那儿，血液一滴一滴地流进管子里，注入她身体里，但是，却始终染不红她的面颊。邵卓生和灵珊都守在床边，目不转睛地看着她，只盼她睁开眼睛来，但，那两排密密的睫毛一直合着。时间缓慢地流逝，邵卓生喃喃地说："天快亮了！"灵珊直跳了起来，糟糕！自己竟出来了一整夜，连电话都没有打回家，爸爸妈妈不急死才怪！还有韦鹏飞！她匆匆地对邵卓生说："我去打个电话！"一句话也提醒了邵卓生，他歉然地看看灵珊说："你回去休息吧！我在这儿守着她！"

"不！"灵珊固执地，"我要等她醒过来，我要等她脱离危险！"走出病房，在楼下的大厅中找到了公用电话。接电话的是刘太太，一听到灵珊的声音，她就焦灼地大叫大嚷了起来："灵珊，你到哪儿去了？全家都出动了在找你，连你姐姐、姐夫都出动了！你怎么了？你在什么地方？……"

"妈，我在医院里……"

"医院？"刘太太尖叫，"你怎么了？出了车祸……"

"不，不是的，妈，我很好，我没出事……"

电话筒似乎被人抢过去了，那边传来了韦鹏飞的声音，焦急关切之情充溢在电话里。原来他也在刘家："灵珊，你出了什么事？你在哪里？我马上赶来……"

"不不！不要！"灵珊慌忙说，心想，这一来，情况不定要变得多复杂，怎样也不能让他再见到阿裴！她惶急地说，"我没出事，我一切都很好，因为我有个朋友生了急病，我忙着把她送医院，忘了打电话回家……"

"别撒谎！灵珊！"韦鹏飞低吼着，"我去了你的学校，他们告诉我，你是和那个邵卓生一起走的！"

她怔了怔。"是的，"她惶惑地说，"我们去了一个朋友家，那朋友不在家，我们又去了另一个朋友家，原来那个朋友在另一个朋友家，原来那个朋友突然生病了……"

"灵珊！"韦鹏飞急急地说，"你在说些什么？左一个朋友家，右一个朋友家？我听得完全莫名其妙！你在发烧吗？你在生病吗？……"

"不是我生病！"她叫着说，"你怎么纠缠不清，是我的朋友生病！"

"是邵卓生吗？"

"不是邵卓生，是他……他的朋友！"

"到底是你的朋友，还是他的朋友？"韦鹏飞又恼怒又焦灼又糊涂，"你告诉我你在什么地方？我来接你！"

"不！不行！你不能来……"

电话筒又被抢走了，那边传来刘思谦的声音："灵珊，"这声音肯定而坚决，"我不管你在哪里，我不管你哪一个朋友生病，我限你半小时之内回家！"

"好吧！"灵珊长叹了一声，"我马上回来！"

挂断了电话，她回到病房。阿裴仍然没有苏醒，邵卓生坐在那儿，痴痴地凝视着她。灵珊走过去，把手按在邵卓生肩上，低声说："我必须先回去，如果她醒了，你打电话给我！"

邵卓生默默地看了她一眼，点了点头。

"你也别太累了，"灵珊说，"在那边沙发上靠一靠，能睡，就睡一会儿吧！"邵卓生又默默地摇摇头。

灵珊再看了他们一眼，心里又迷糊，又难过，又酸楚，又茫然。她不懂，阿裴为陆超而割腕，邵卓生却为阿裴而守夜，这是怎样一笔账呢？人生，是不是都是一笔糊涂账呢？她越来越觉得头涔涔而泪潸潸了。一夜的疲倦、紧张、刺激……使她整个身子都发软了。

回到家里，一进门，她就被全家给包围了。责备、关切、怀疑、困惑……各种问题像海浪般对她冲来：

"灵珊，你到底去了哪里？"

"灵珊，你怎么这样苍白？"

"灵珊，是扫帚星生病了吗？"

"灵珊，你有没有不舒服？"

灵珊筋疲力尽地坐进沙发里，用双手抱紧了头，祈求般地喊了一句："你们能不能让我安静一下？"

大家都静了，怔怔地看着她，她才发现自己这一声叫得又响又激动。然后，韦鹏飞在她身边坐了下来，用胳膊搂住了她的肩，他拍抚着她的肩胛，抚慰地、温柔地、低沉地说："你累了，先去睡一觉，一切等醒来再说吧！你又冷又苍白！"灵珊看着韦鹏飞，然后抬头看着父母。

　　"爸爸，妈妈，"她清晰地说，"我有个女朋友割腕自杀了，我连夜在守护她！""哦！"刘太太一震，关心而恍然地问，"救过来了没有？"

　　"还没有脱离险境！她一直昏迷不醒。"

　　"为了什么？"刘思谦问。

　　"她的男朋友变了心，遗弃了她。"灵珊说，正视着韦鹏飞，一直看进他眼睛深处去，"鹏飞，你会不会遗弃我，跟另外一个人走掉？"

　　"你疯了！"韦鹏飞说，把她从沙发上横抱了起来，也不避讳刘思谦夫妇，他抱着她走向卧室，"你累得神志不清了，而且，你受了刺激了。"他把她放在床上："你给我好好地睡一觉，我要赶去上班，下了班就来看你！"他吻住她的唇，又吻她的眼皮，"不许胡思乱想，不要把别人的事联想到自己身上。我如果辜负了你，对不起你，我会死无葬身之地……"

　　她伸手去蒙他的嘴，他握住她的手，把面颊贴在那手上，眼睛不看她，他低语着说："我要向你招认一件事，你别骂我！"

　　"什么事？"

　　"我以为——你和扫帚星在一起，我以为我又失去了你！我以为你变了心……"他咬咬牙，"这一夜，对于我像一万个世纪!"他抬眼看她，眼睛里有着雾气："答应我一件事，灵珊。"

"什么事?"她再问。

"永远别'失踪'，哪怕是几小时，永远别失踪!"

她用手勾住他的头颈，把他的身子拉下来，主动地吻住他。韦鹏飞走了以后，她真的睡着了，只是，她睡得非常不安稳。一直在做噩梦。一下子，梦到阿裴两只手都割破了，浑身都是血。嘴里自言自语地说："我做错每一件事，我一了百了。"一下子，又梦到陆超胸口插把刀，两个眼睛往上翻，嘴里还在理直气壮地吼着："我有罪吗? 我欠了你什么? 我有没有对不起你?"一下子，又梦到邵卓生抱着阿裴的身子，直着眼睛走过来，嘴里喃喃自语："她死了! 她死了!"一下子，又是阿秋在搂着陆超笑，边笑边问："为什么她要自杀，得不到男人的心就自杀吗?"一下子，又是阿裴穿着一袭白衣，飘飘欲仙地站在韦鹏飞面前，说："男子汉大丈夫，对感情该提得起放得下，尽管缠住我做什么?"一下子，变成了韦鹏飞携着阿裴的手，转身欲去，韦鹏飞一面走一面对她说："灵珊，我真正爱的不是你，是阿裴!"

蓦然间，电话铃声狂鸣，灵珊像弹簧般从床上跳了起来，惊醒了，满头都是冷汗。同时，刘太太在客厅里接电话的声音，隐约地传进屋里："你是谁? 邵卓生? 灵珊在睡觉……"

灵珊抓起了床头的分机，立刻对着听筒喊："邵卓生，怎么样了? 她醒了吗?"

"是的，灵珊，"邵卓生的声音是哽塞的，模糊不清的，

"你最好快点来，她大概不行了……"

灵珊摔下电话，跳下床来，直冲到客厅，再往大门外冲去，刘太太追在后面叫："灵珊！你去哪一家医院？你也留个地址下来呀……"

灵珊早就冲出大门，冲下楼梯，冲得无影无踪了。

到了医院，灵珊刚跑到病房门口，就一眼看到邵卓生，坐在病房门口的椅子上，用双手紧抱着自己的头。而护士医生们川流不息地从病房门口跑出跑入，手里都捧着瓶瓶罐罐和被单枕套。灵珊的心猛往下沉。我来晚了！她想。她已经死了！阿裴已经死了！她走过去，邵卓生抬起头来了，他一脸的憔悴，满下巴的胡子楂儿，满眼睛的红丝。"灵珊！"他喊，喉咙沙哑。

"她——死了吗？"她战栗着问。"不，还没有，医生们刚刚抢救了她。"邵卓生说，望着她，"不久前，她醒过来了，发现自己在医院，发现有血浆瓶子和氧气筒，她就发疯了，大叫她不要活，不要人救她，就扯掉了氧气管，打破了血浆瓶子，好多医生和护士进去，才让她安静下来。他们又给她换了新的血浆，又给她打了针。医生说，一个人真正地不要活，就再也没有药物能够治她。她现在的脉搏很弱很弱，我想，医生能做的只是拖延时间而已。"灵珊静静地听完了他的叙述，就推开病房的门，走了进去，阿裴躺在床上，两只手都被纱布绑在木板架子上，她的腿也被绑在床垫上，以防止她再打破瓶子和针管。她像个被绑着的囚犯，那样子好可怜好可怜。她的眼睛大睁着，是清醒的。一个护士正弯着腰扫掉地上的碎玻璃片。好几个护士在处理血浆瓶子洒下的斑斑血渍。灵珊站在病床前面，低头注视着她。"阿裴。"她低声叫。阿裴的睫毛闪了闪，被动地望着她。

"何苦？阿裴？"她说，坐在床边的椅子上，伸手摸了摸她那被固定了的手，"在一种情况下我会自杀，我要让爱我的人难过，要让他后悔，如果做不到这点，我不会自杀。"

阿裴的大眼睛黑白分明地瞪着她。"谢谢你告诉我这一点，"她开了口，声音清晰而稳定，"我早知道他不会在乎，我死了，他只会恨我！恨我没出息，恨我不洒脱，恨我给他的生命留下了阴影。"

"你既然知道，又为什么这样做？"灵珊睁大眼睛。

"我并不是报复，也不是负气。"她幽幽地叹了口气，"我只是活得好累好累，我真正地，真正地不想活了。"

"为什么？"

"为什么？"她重复灵珊的话，眼睛像两泓深潭，"人为什么活着？为了——爱人和被爱，为了被重视，被需要。男人被女人需要，丈夫被妻子需要，父母被子女需要，政治家被群众需要……人，就因为别人的需要和爱护而活着。我——为什么活着呢？我已经一无所有！没有人需要我，也没有人非我而不可！"

"你知道有个人一直在照顾你吗？"

"你说的是扫帚星？"她低叹一声，"他会有他的幸福，我只是他的浮木。没有我，他照样会活得很好，他不是那种感情很强烈的人！"

"你需要一个感情很强烈的人?"

"不。我已经没有需要,没有爱,没有牵挂,没有欲望,什么都没有了。我活着完全没有意义,完全没有!"

灵珊望着她,她的眼睛直直的,向前射过去,透过了墙壁,落在一个不知道的地方。她的脸上毫无表情,毫无生气,毫无喜怒哀乐,毫无目标……灵珊蓦地打了个寒战。真的,这是一张死神的脸,这是一张再也没有生命欲望的脸!一时间,恐惧和焦灼紧紧地抓住了她,她真想捉住阿裴,给她一阵乱摇乱晃,摇醒她的意识,摇醒她对生命的欲望,摇醒她的感情……可是,灵珊无法摇她,而她,合上了眼睛,她似乎关掉了自己生命中最后的窗子,不想再看这个世界,也不想再接触这个世界了。"阿裴!"灵珊喊。她不理。"阿裴!"灵珊再喊。她仍然不理。"阿裴!阿裴!阿裴!"灵珊一迭连声地叫。

她仍然不为所动。邵卓生冲了进来,以为她死了。一位护士小姐过来按了按她的脉,翻开她的眼皮看了看,对灵珊说:"她是醒的,但是她不理你!看样子,她是真的不想活了!"

灵珊抬头望着邵卓生,沉思了片刻,她对邵卓生很快地说:"你在这儿陪她,我回去一下,马上就来!"她如飞般地跑走了。半小时以后,灵珊又回到了病房里。病房中静悄悄的,邵卓生靠在沙发中睡着了,一个护士坐在窗边,遥远地监视着阿裴。阿裴依旧静静地平躺着,依然闭着眼睛,依旧一点表情都没有,依旧像个死神的猎获物,依旧毫无生气毫无活力。

灵珊在床边的椅子上坐下，打开一本册子，她像个神父在为垂死的病人念祈祷文，平静地念了起来："初认识欣桐，总惑于她那两道眼波，没从看过眼睛比她更媚的女孩。她每次对我一笑，我就魂不守舍。古人有所谓眼波欲流，她的眼睛可当之而无愧，至于'一笑倾人城，再笑倾人国'更非夸张之语了……"

她坐在那儿，清脆地、虔诚地念着那本《爱桐杂记》，一则又一则。当她念道：

> "今夕何夕？我真愿重做傻瓜，只要欣桐归来！今生今世，再也不会有第二个女人，让我像对欣桐那样动心了，永不可能！因为上帝只造了一个欣桐，唯一仅有的一个欣桐！"

阿裴忍无可忍了，她的眼睛大大地睁开了，她哑声地、含泪地叫："灵珊，你在念些什么？"

灵珊把册子合起来，把封面那"爱桐杂记"四个字竖在她面前。阿裴的眼睛发亮，脸上发光，她呼吸急促而神情激动。灵珊俯下头去，把嘴唇凑在她的耳边，低声地、清晰地说："阿裴，这世界上真的没有人爱你吗？真的没有一点点东西值得你留恋吗？甚至你的女儿——楚楚？"

阿裴张开了嘴，陡然间，她"哇"的一声，放声痛哭了起来。邵卓生和护士都惊动了，他们奔往床边，只看到阿裴哭泣不已，而灵珊也泪痕满面。邵卓生愕然地说："怎么了！

怎么了!"灵珊把手里的册子放在阿裴的胸前,说:"剩下的部分,你自己去看吧!"

抬起头来,她望着邵卓生:"你是少根筋,这故事对你来说太复杂了。但是,我想,她会活下去了。"

第十九章

　　当韦鹏飞心神不定地上了一天班，在黄昏中飞车回家，走进客厅里时，他很惊奇地发现，灵珊正斜靠在沙发中，手里居然握着一个酒杯。房里没有开灯，楚楚和阿香都不在，她静静地坐在那儿，静静地拥着满窗暮色，静静地陷在某种沉思和冥想里。"楚楚呢？"他问。"楚楚和阿香，都在我家。"

　　"而你一个人在这儿？"他惊讶地，走过去，他端起她手里的酒杯看了看，还好，只是一杯淡淡的红葡萄酒。他坐在她对面的矮凳上，把矮凳拉近她，他面对着她，眼睛对着她的眼睛，然后，他把她的双手都合在自己手中，温和地、恳挚地、怜惜地说："你有什么事要告诉我吗？我打了好多电话到你家，你母亲说你整天忙得很，一会儿回家，一会儿跑医院，一会儿又出去了。你……怎么了？你的脸色坏极了！你……那个朋友，她……死了，是不是？"

　　灵珊迎视着他的目光，她的眼睛黑幽、深邃、迷蒙而神情古怪。"不,"她低低地说,"她没有死。我刚才还打过电话,她没有死,她只是看一段书,哭一阵,再看一段书,再哭一阵。"

"看书?"他不解地,微蹙着眉。

"也不是书,"她喃喃地,"是一本册子。"

他凝视了她一会儿,就安抚地、劝解地微笑了起来。

"好了,灵珊。你不要再为别人担心了,好吗?她在医院里,有医生护士会去治疗她,有她的父母和家人会去照顾她,你振作起来,别这样忧愁,行不行?"

"她没有父母,也没有家人。"

"哦!"韦鹏飞仔细地打量灵珊,"我懂了,你是个悲天悯人的仙女,你想用你的爱去治疗她。"

"我不是仙女,"她毫无表情地说,"我是个妖怪,楚楚说的,我是个妖怪。"

"喂,灵珊!"韦鹏飞有些急了,"你在扯些什么,这事与楚楚总没关系吧,你不要联想力太丰富好不好?"

"人与人间,都有关系。"

"你——"他站起来,又坐了下去,握紧了她的手,"你到底怎么了?你没睡够?你太累了?你情绪不好,是的,你情绪不好!"他轻叹一声,把她拥入怀里,用下巴摩擦着她的头发:"你不要烦,灵珊。这世界上有这么多人,每个人有每个人自己的喜剧或悲剧,你管不了那么多!你只要管你自己!灵珊,你请几天假,我也请几天假,我带你去阿里山住两天,散散心,好不好?"

她轻轻地推开他，正视着他，双眉微蹙而心事重重。好半晌，才咬咬嘴唇，说："鹏飞，你愿不愿意帮我做一件事？"

"帮你做一百件事，一千件事！"

"真的？"她眈视着他。

"当然真的，"他忽然有些怀疑，又加了一句，"只要我的能力做得到！"

"你一定做得到！"

"那么，是什么？你说！"

"请你——"她咬咬牙欲说又止。

"你怎么了？"韦鹏飞困惑地，伸手摸摸她的额，"没有发烧，你到底要说什么？你一向爽快，不是这样吞吞吐吐的，灵珊，你有什么困难，有什么难言之隐吗？你说！你要我帮你做什么？你说！"

"好的！我说！"她毅然地一甩头，下了决心，"我请你去一趟医院，不止你一个人，请你带楚楚去！"

"医院？"他错愕地皱紧眉头，"带楚楚去医院？干什么？"

"去看我那个朋友。"他对她打量了十秒钟。

"你病了。"他说，"你太累了。"

"我没病，我很好。"她抬高了声音，语音凛然，"鹏飞，你知道我自杀的那个朋友是谁吗？"

韦鹏飞的心脏咚地一跳，脸色顿时变白了。

"是谁？"他哑声问。

"你知道楚楚常叫张阿姨的那个女人吗？"

"哦！"他松了口气，"是那个张阿姨？"

"她不姓张，"她冷冷地说，"她姓裴，名字叫裴欣桐。我们叫她阿裴。"

"哐啷"一声，韦鹏飞的手肘碰到桌上的酒杯，杯子跌碎在大理石桌面上了。红色的葡萄酒溢到大理石上，像血。像阿裴手腕上的血。韦鹏飞的眼睛睁得大大的，一眨也不眨地望着灵珊，他的面孔雪白，脸上有种近乎恐惧的神色，他们对望着，好一会儿，谁也不开口。

"她可能活不了。"灵珊低语，"医生们一直在救她，但是她失血过多，又心脏衰弱。主要的，她毫无求生的意志，刚刚我还打电话问过医生，医生说，她活下去的可能性是百分之五十。"

他的眼眶发红，一句话也说不出来，只是瞪着她。

"她说她做错了每一件事，只有一了百了。"她继续说，"她有一度和楚楚偷偷来往，是被我阻止了的。如今，她躺在那儿，我从没有看过比她更孤独无依的女人，她什么都没有，只有——死亡。"

韦鹏飞颓然地把头埋进了手心里，他的手指插进了头发中，辗转地摇着他的头，心底就辗转地碾过一层层的记忆：甜的、苦的、酸的、辣的！他的头脑里嗡嗡然地响着各种声音，像潮声，像海浪，像瀑布的喧腾……欣桐，欣桐，欣桐……最后，这声音变成了一种微弱的、模糊的意识。有个女人快死了！有个女人快死了！有个女人快……快……快死了！那个女人名叫——欣桐。

"鹏飞，不要太残忍。"灵珊的声音，像来自山峰顶端的，什么仙女和神灵的纶音，"我知道，她现在最渴望见到的，只有两个人，一个是你，一个是楚楚。你要带楚楚去见她！你一定要！鹏飞，一日夫妻百日恩，何况你们共有一个女儿！以往的恩恩怨怨在死神的面前又算什么？鹏飞，她需要你们！"

韦鹏飞从凳子上直跳了起来，拉住灵珊："走吧！你去带楚楚，我们马上去吧！还等什么？"

半小时之后，他们已经到了医院。

推开病房的门，邵卓生从沙发里站起来，惊奇地望着他们，灵珊退到沙发边，对邵卓生做了手势，让他别说话，也别行动。韦鹏飞并没有注意到邵卓生，从推开门的那一刹那起，他眼光就被病床上那张惨白的面孔吸引住了，吸得那么牢，使他再也无心顾及病房中其他的一切。他牵着楚楚的手，大踏步地走了过去。阿裴脚上和手上的五花大绑早已解除了，她似乎在闭目小睡，听到脚步声，她睁开了眼睛，望着韦鹏飞。眉尖轻颦了一下，她眼光如梦如雾，唇边竟浮起一个虚弱的笑意。"人在快死的时候，一定有幻象！"她呢哝地低语。

楚楚认出眼前的人来了，她尖叫了一声："张阿姨！你怎么睡在这里？张阿姨！你病了吗？"

阿裴睁大了眼睛，睁得那么大，她那瘦削的脸庞上，似乎只有这对大眼睛了。她望着楚楚，不信任似的说："楚楚？楚楚？是你？会是你？"

"张阿姨，是我！"楚楚叫着，"爸爸带我来看你！张阿姨！"

韦鹏飞跌坐在床前的椅子上了，阿裴的憔悴和瘦削使他大大震惊，而又大大地心痛了，那张毫无血色的脸，那骨瘦如柴的手臂，那尖尖的下巴，那深陷的眼眶……他一下就捉住了她那只未受伤的手，紧紧地握住了她，苦恼地、热烈地、悲切地喊："欣桐，你怎么可以弄成这副样子？欣桐，你怎么可以消瘦成这副样子？那个混蛋居然不懂得如何照顾你吗？欣桐，你的生命力呢？你的笑容呢？你的洒脱呢？欣桐，你不可以！不可以！不可以这样躺在这儿……"

阿裴陡然有了真实感了，她看看楚楚，又看看韦鹏飞，听到韦鹏飞这样一叫一嚷，她那大眼睛里就骨碌碌地滚出一串亮晶晶的泪珠，她又是哭又是笑，又是激动，又是兴奋地说："鹏飞，你对我还是这样好？你不是来骂我？来嘲笑我？来看我今日的下场？你不恨我？不怪我？不怨我？不诅咒我？……"

"欣桐，我会骂你吗？我可能吗？在我们最后分手的时候，我也没有骂过你一句，不是吗？欣桐，我从没有诅咒过你，从没有……"

"我知道，我看了《爱桐杂记》。"

"你看了？"他惊愕地。

"是的，我看了。"她挣脱他的掌握，伸出手来，去摸他的头发，他的面颊，"鹏飞，我对不起你，我实在对不起你。今天的一切都是报应，冥冥中一定有神灵，在支配人间的一切。鹏飞，我罪有应得，我咎由自取，今天你肯来见我一面，我死也瞑目……"

"欣桐！"他大喊，悲痛而急切，"你不可以死，你还太年轻，你前面还有一大段路，欣桐，你不可以死，绝不可以！"

"你这样说吗？"阿裴问，泪珠成串成串地涌出来，她喉音哽塞，几乎泣不成声，"你怎么可以这样好？鹏飞，你不能对我这样好！我是贱骨头，我不知好歹，我连捧在手里的幸福都捧不牢！我很坏，坏得无可救药，我该死！我应该死……""不！不要！欣桐！"他含泪喊，"你不该死，你只是忠于自己，你并没有错……""你居然还说我没有错吗？你……你……你这个……傻……傻瓜！"

"你以前作过一支歌，说我是个傻瓜，是个癞蛤蟆！"

"你还记得？"

"记得你的每一件事！你的笑，你的哭，你的歌，你那飘飘然的衣裳打扮，你的一颦一笑！"

"那么，你也原谅我了？原谅我所有的过失？原谅我离开你？原谅我吗？鹏飞？你说，你原谅我！"

"我不原谅你！"

"我太奢求了！"她凄然而笑，"我不值得你原谅，我不值得！"

"不是！"他用力吼，脸涨红了，"我不原谅你这样躺在这儿等死！我不原谅你放弃生命！我不原谅你这样惨白，这样消瘦，这样奄奄一息！我绝不原谅！"

她的手无力地从他面颊上落下来，盖在他的手背上，她抚摸他，轻轻地，软弱地。她唇边的笑意更深，而眼中却泪如泉涌："鹏飞，请你给我力量，让我活下去吧！我不要你不原谅我，我无法忍受你不原谅我……"

一直站在一边，用稀奇古怪的眼光望着他们的楚楚，这时再也忍不住了，她叫着说："爸爸，张阿姨，你们在做什么？"

韦鹏飞立刻抬起头来，他把楚楚一把拉到身边，郑重地，严肃地，一个字一个字地说："听着，楚楚！她不是张阿姨，她不姓张，她姓裴，是你的妈妈！"

"爸爸！"楚楚惊喊。

"她是你的妈妈，"韦鹏飞重复了一句，"你亲生的妈妈，她并没有死，只是这些年来，她离开了我们。楚楚，你已经大了，大得该了解事实真相了。你看，这是你的母亲，你应该叫她一声妈妈！"

楚楚狐疑地、困惑地看看韦鹏飞，再看看阿裴，紧闭着嘴，她一言不发。

阿裴伸手去轻触她的面颊，低叹了一声，她柔声说："不要为难孩子。楚楚，别叫我妈妈，我不配当你的妈妈，在你很小的时候，我就离开你走了！这些年来，我根本没尽过母亲的责任，别叫我妈妈，我受不了！我是张阿姨，我只是你的张阿姨，楚楚，我对不起你爸爸，更对不起的，是你！"

楚楚一知半解地站在那儿，茫然地瞪视着阿裴，她显然是糊涂了，迷惑了，不知所措了。阿裴的眼光透过泪雾，也紧紧地盯着楚楚。蓦然间，那母女间的天性敲开了两人间的那道门，楚楚扑了过去，大叫着说："妈妈，如果你是我的妈妈，我为什么要叫你张阿姨！妈妈！我知道你是活着的，我一直知道！""楚楚！"阿裴哭着喊，"楚楚！"

灵珊觉得这间小小的病房里再也没有她停留的余地了，

她满眼眶都是泪水。回过头去，她看着目瞪口呆的邵卓生，拉了拉他的衣袖，她低声说："我们走吧！"他们两个走出了病房，对阿裴再投去一瞥，那一家三口正又哭又笑地紧拥在一起，浑然不觉房间里其他的一切。他们关上房门，灵珊细心地把门上"禁止会客"的牌子挂好，就和邵卓生走下了楼，走出医院的大门。

街道上，那秋季的夜风正拂面而来，带着清清的、凉凉的、爽爽的秋意。他们站在街头上，彼此对视了一眼，邵卓生说："我忽然觉得很饿，我猜你也没吃晚饭，我请你去吃牛排，如何？"

"很好。"她一口答应。

于是他们去了一家西餐馆，餐厅布置得还蛮雅致，人也不多，他们选择了一个角落的位子，坐了下来，灵珊看看邵卓生，说："我想喝杯酒。"

"我也想喝杯酒！"邵卓生说。

他们点了酒，也点了牛排。一会儿，酒来了。邵卓生对灵珊举了举杯，说："你平常叫我什么？"

"扫帚星。"

"不是，另外的。"

"少根筋。"

"是的，我是少根筋。我今天才发现一件事，我不过只少了一根筋，你少了十七八根筋。这还不说，你还是个无脑人！"

"什么叫无脑人？"灵珊问。

"你根本没有头脑！你一定害了缺乏大脑症！"

"怎么说？"

"怎么说！还怎么说？你如果有头脑，怎么会把那本《爱桐杂记》拿来？这也罢了，你居然把韦鹏飞父女带到医院来，导演了这么一场好戏！现在，人家是夫妇母女大团圆。你呢？以后预备怎么办？"

"我？"灵珊茫茫然地说了一个字，端起酒杯，她喝了一大口，忽然笑了起来。她笑着，傻傻地笑着，边笑边说，"是的，我是个无脑人，我害了缺乏大脑症！"她凝视着邵卓生，笑容可掬："对不起，邵卓生，我忽略了你！哈哈！我抱歉！"她用杯子对邵卓生的杯子碰了碰，大声说，"无脑人敬少根筋一杯！"她一仰头，喝干了。

邵卓生毫不迟疑，也干了自己的杯子，一招手，他再叫了两杯酒。"你猜我们现在是什么情况？"他问。

"我不知道。"她仍然边笑边说，"我今天没有大脑，什么都想不清。"

"我们现在是——"邵卓生啜着酒，说，"同是天涯沦落人，相逢何必曾相识？""胡说八道！"灵珊也啜着酒，"我们早认识四五年了，怎么叫相逢何必曾相识！""你还能思想，你还剩一点点大脑！"

"不，我是用小脑想的！"

他们相视而笑，一碰杯，两人又干了杯子。灵珊叫来侍者，又要了两杯酒。"这样喝下去，我们都会醉！"邵卓生说。

"醉乡路稳宜频到，此外不堪行！"灵珊喃喃地念着，抬眼望着邵卓生，"我现在才知道，为什么阿裴爱喝酒，鹏飞也爱喝酒，原来，酒可以让人变得轻飘飘的，变得无忧无虑的。而且，会让人变得爱笑，我怎么一直想笑呢？"

"你错了！"邵卓生拼命地摇头，"酒可以让人变得爱哭，阿裴每次喝醉了就哭。""不一定，"灵珊也拼命摇头，"韦鹏飞每次喝醉了就发呆，像木头人一样坐在那儿不动！"

他们相视着，又笑，又举杯，又干杯，又叫酒。

"喂，灵珊，我有个建议。"邵卓生说。

"什么建议？"灵珊笑嘻嘻地。

"你看，我们两个都有点不健全，我是少根筋，你是无脑人，我们又都是天涯凄苦人，又都认识好多年了。干脆，我们组织一个伤心家庭如何？"

"伤心家庭？"灵珊笑得叽叽咯咯的，"我从没听过这么古怪的名称。少根筋，我发现你今天蛮会说话的，你的口才好像大有进步。"

"因为酒的关系。"

"唔，阿裴醉了会哭，鹏飞醉了会发呆，我醉了就爱笑，你醉了就爱说话，原来仅仅醉酒，就有形形色色。"

"怎样呢？"

"什么怎样呢？"

"我们的'伤心家庭'！"

灵珊抬眼凝视邵卓生："哦，不行。"她收住笑，忽然变得一本正经，"邵卓生，我们不要去做傻事，明知道是悲剧，就应该避免发生。不，我们不要给这个世界多制造一对怨偶。"

"怨偶？"

"是的，如果在一年前，我们结合了也就算了，现在，你爱的不是我，我爱的也不是你。组织伤心家庭的结果是制造了一个破碎家庭。不，不！我宁愿抱独身主义，也不组织破碎家庭！"

"言之有理！"他大声说，"我要敬你一杯！"

他们又干了杯，再叫了酒，两个人都不知道是第几杯了，都有些摇摇晃晃，昏昏沉沉了。

"既然不组织伤心家庭，你预备怎么办？"他问。

"我不知道。"她啜着酒，侧头沉思，微笑着，"我要走到一个很远很远的地方去，没有人的地方去。你呢？"

"我也要走到一个很远很远的地方去，没有人的地方去。"他说。

"这样吧！"她又莫名其妙地笑了起来。"我往南极走，你往北极走，走到之后，我们通个电话，互报平安！"

"妙极了！"他大为赞赏，"咱一言为定！"

"干一杯！"她举起杯子。

于是，他们又笑，又碰杯，又干杯，又叫酒。然后，灵珊是糊糊涂涂了，她喝了太多太多的酒，她只记得自己一直在笑，一直在笑，那邵卓生一直在说，一直在说，他们一直在举杯干杯，举杯干杯……然后，他们吃了牛排，酒足饭饱。然后，他们不知怎的到了火车站，然后，他们似乎买了两张车票，一张到南极，一张到北极。

她最后的记忆是，她上了到"南极"的车子。

第二十章

醒来的时候，早已红日当窗。

灵珊有点儿恍惚，抬头看看屋顶，伸手摸摸床褥，一切都是熟悉的，亲切的，这是自己的褥，这是自己的家！怎么回事？她搜索着记忆，昨夜，和邵卓生吃牛排，喝了酒，然后，他们去了车站，依稀买了两张车票……为什么自己竟睡在家里？她坐起身子，头仍然有些昏晕，却并不厉害。是的，那只是一些红酒，红酒不该让人大醉不醒，不过，如果大醉不醒，似乎也没什么不好。

一声门响，刘太太推门进来。"怎么，醒了吗？"刘太太问，"你快养成醉酒的习惯了！能不能告诉我，你是怎么回事？"

"我……"她一开口，就觉得舌敝唇焦，喉头干燥，刘太太递了一杯水给她，她一仰而尽。望着母亲，她困惑地说，"我怎么会在家里？"

"你自己回来的。"

"我自己回来的？一个人吗？"

"大厦管理室的老赵，把你送上来的。他说你下了计程车，一个人摇摇晃晃，他就把你扶上来了！"刘太太盯着她，"你知道你回家时是怎样的吗？"

"怎样的？"她一惊，心想，准是出够了洋相，低头看看身上，已经换了干净睡衣。

"放心，你并没有衣冠不整。"刘太太看出她的心思，立刻说，"可是，你手里紧握着一张到台南的车票，嘴里口口声声地问我，是不是南极已经到了，还叫我打个电话给邵卓生，报告平安抵达，你这是什么意思？"

灵珊怔了好一会儿，陡然间，她就放声大笑了起来："哈哈！荒唐透顶！哈哈，我买了去台南的车票，要去南极，已经够荒唐，居然不上火车，而上计程车，更加荒唐！我心里的南极地址，竟是自己的家，尤其荒唐！回了家，却当作到了南极，简直集荒唐之大成！哈哈，荒唐透顶！"

"你还笑！"刘太太皱着眉骂，"你不跟鹏飞学点好的，就学他喝酒，又毫无酒量，一喝就醉！"

鹏飞，鹏飞，韦鹏飞，这名字像一把锋利的刀，从她心脏上划过去。她吸了口气，仍然笑容可掬："我的南极，不是远在天边，而是家里！"她又笑，笑得头都抬不起来，"我要到天边去，却回到家来。我已经是一只笼子里养惯了的鸟，只认得自己的窝！哈哈！可笑，太可笑，哈哈！"

刘太太惊愕地看着她，说："你的酒是不是还没有醒？"

她用手托起灵珊的下巴，这一看，不禁大惊失色，灵珊虽然在笑，却满脸的泪水，她惊慌失措地说："你怎么了？灵珊？你昨晚不是和鹏飞一起出去的吗？你们两个吵架了，是不是？翠莲！翠莲！"她大声叫，"去隔壁把韦先生找来！"

"不要找他！"灵珊喊，骤然间，把头埋在母亲怀里，她哭了起来，边哭边说，"妈，我要去南极！妈！我要去南极！妈，我要去南极！"

"你病了！"刘太太手忙脚乱，伸手推开她，拂开她的满头乱发，去察看她的脸色，"你还是躺下来吧，我叫翠莲去帮你请天假！"

"不！不！"她说，想起了学校，想起了那些孩子们，想起昨天已经请了一天假，她翻身下床，极力地振作自己，"我没事了，妈，我要上课去！"

翠莲来到房门口，满脸古怪的表情："太太，阿香说，韦先生昨天带楚楚和我们家二小姐出去以后，到现在都没回来！连楚楚都没回来！"

刘太太紧紧地看了灵珊一眼："到底怎么回事？你们吵架了？对不对？"

"我们没吵架！"她看看母亲，"好吧，就算我们吵架了！"

"怎么叫就算？"

"我说就算就是就算嘛！"灵珊的眼泪又冲进了眼眶，她大声喊着，"为什么一定要苦苦逼我？我不想谈这件事，我不想谈，行吗？"

"好，好，好，不想谈，不想谈。"刘太太慌忙说，又低低叽咕了一句，"我不过是关心你，小两口闹闹别扭是人之常情，别把它看得太严重了！"

"妈！"

"好，我不说了！"灵珊换了衣服，冲进浴室去，洗了脸，漱了口。镜子里，是一张憔悴的、无神的、烦恼而又忧郁的脸。为什么要这样烦恼这样忧郁呢？一切都是你自愿的，你自己去导演的，你让他们全家团聚的！而现在，你干吗做出一副被害者的样子来？你又干吗心碎得像是要死掉了？你！你这个傻瓜！你这个莫名其妙的混球！她对着镜子诅咒。你！你把自己的幸福拿去送人，你真大方，你真伟大，你真可恶！你真是个——无脑人！你没大脑，你连小脑都没有！你没思想，没理智，你只配充军到南极去，到远远的，远远的南极去！

卧室里的电话铃响了，接着，是刘太太喜悦的、如释重负的呼唤声："灵珊！你的电话！"她走出浴室，接过听筒。

"喂，灵珊！"是韦鹏飞，灵珊的心脏顿时提到了喉咙口。"我告诉你一个好消息……"他的声音兴奋而欢快，"阿裴已经脱离危险了，她能吃能喝能睡了，医生说，她休养几天就可以出院！而且，她对以后的生命又充满信心了！"

"哦，"灵珊应着，觉得自己头里空空荡荡的，当然，她没有大脑，头里自然空空荡荡的了。她听到自己的声音，在那儿软弱地，机械化地回答着："我早就猜到她会好起来，这样大家就放心了。"

"是的。"韦鹏飞说，"我告诉你，灵珊，我现在不回家了，我直接赶到工厂去。楚楚在病房里睡得很好，我顺路送她去上课。一切的事都很好，你放心。”

“我——没有什么不放心的了。”她低语。

“你说什么？我听不清楚。”他在叫。

“没有什么。”

“我要赶去上班了。”韦鹏飞的声音里充满了活力，充满了喜悦，充满了感情，“灵珊，很多事想和你谈，我下班回来，再跟你长谈吧！”

“好。”她简单地。

“再见，灵珊！”

“再见，鹏飞。”灵珊慢吞吞地把听筒挂上，一回头，她看到刘太太笑吟吟地望着自己。她了解，母亲一定以为，小两口已经讲和了。她在书桌前坐下，整理自己上课要用的书籍琴谱，刘太太狐疑地问：“你今天不是教下午班吗？”

“哦，是的。”她恍然地，用手拍了拍脑袋，“我没有大脑。我有点糊里糊涂。”她抬头看看母亲，“爸爸上班去了？灵武上课去了？”

“当然。我看，你的酒还没醒呢！我跟你去弄点早餐，吃了东西，精神会好一点。”

刘太太出去了。灵珊继续坐在书桌前沉思。好半晌，她站起身来，打开抽屉，收集了身边所有的钱大约有五千元，放进皮包里，再把身份证、教员证，统统放进皮包。然后，她又沉思片刻，就毅然决然地取了一张信纸，她在上面潦潦草草地写着：

爸爸、妈妈：

　　我很累，想出去散散心，学校里，麻烦姐姐去帮我代课。

　　我会随时和你们联系，请放心，我虽然缺乏大脑，仍然可以照顾自己。

灵珊

写完了，她又另外抽了一张信纸，写：

鹏飞、阿裴：

　　恭喜一家团聚！不要再把捧在手里的幸福，随意打碎！

　　告诉楚楚：妖怪到南极度假去也！

无脑妖怪留条

　　分别把两张信笺，封在两个信封里，一个信封上写下刘思谦的名字，另一个写下韦鹏飞的名字，把信封并排放在抽屉里。她站起身来，甩了甩头，一时间，竟觉得自己好潇洒、好自在、好洒脱。又觉得自己做得好漂亮，好大方，好有风度——君子有成人之美！她几乎想大叫几声，来赞美自己！转过身子，她拿了皮包，走到客厅，很从容不迫地，把母亲给她准备的早餐吃完，在刘太太的含笑注视下，飘然出门。心中大有"壮士断腕"的决心，更有份"风萧萧兮易水寒，壮士一去兮不复还"的悲壮、慷慨、激昂之概！去吧！去吧！君子有成人之美！不要破坏别人的幸福！天地悠悠，难道竟无你容身之地？

叫了一辆计程车，她直奔台北火车站。

到了火车站，她抬头望着那些地名站名：基隆、八堵、七堵、五堵、汐止、南港、树林、山佳、莺歌、桃园、内坜、中坜、埔心、杨梅、富冈、湖口、新丰、竹南、造桥……怎么有这么多地名？怎会有地方叫造桥？那儿一定一天到晚造桥！她再看下去：什么九曲堂、六块厝、归来、林边、佳冬、上员、竹东、九赞头……她眼花缭乱了。九赞头？怎么有地方叫九赞头，正经点就该叫九笨头！她觉得，自己就有九个笨头，而且，九个笨头都在打转了，变成九转头了！

她呆立在那儿，望着那形形色色的地名，心中隐隐约约地明白了一件事，天下之大，自己竟无处可去！

可是，即使无处可去，也非要找个地方去一去不可！或者，就去那个"九笨头"吧！再研究了一番，九笨头还要转车，没有车直达，又不知是个什么荒凉所在。虽然自己一心要去无人之处，却害怕那无人之处！咬咬牙，她想起仅仅在昨天，韦鹏飞还提议去阿里山度假，真的，在台湾出生，竟连阿里山都没去过！在自己找到"南极"以前，不如先潇洒一番，去阿里山看云海，看日出，看原始森林和那神木去！

于是，她买了去嘉义的票，当晚，她投宿在嘉义一家旅社中，想象着韦鹏飞一家团聚的幸福，想象着那三口相拥相抱又哭又笑的情景，一再对自己说："刘灵珊，你没有做错！

刘灵珊，你做得潇洒，做得漂亮，做得大方！刘灵珊，你提得起，放得下，你是女中豪杰，值得为自己慷慨高歌！”

第二天一早，她搭上登山火车，直上阿里山。

她看了神木，她看了森林，她看了姐妹潭，她看了博物馆……别人都成双成对，有说有笑，唯独她形单影只，一片萧然。当夜，她躺在阿里山宾馆中，望着一窗皓月，满山岚影。她再也不潇洒，不漂亮，不慷慨，不大方，不自在……她提不起，也放不下，她不要风度，不想慷慨高歌，也不要做女中豪杰……她想家，想鹏飞，想自己所抛掉的幸福……她哭得整个枕头湿透，哭得双眼又红又肿，哭得肝肠寸断。她觉得自己不只是个“无脑人”，也成了个“断肠人”了。她哭着哭着，哭自己的“愚蠢”，也哭自己的“聪明”；哭自己的“大方”，也哭自己的“小气”；哭自己的“洒脱”，也哭自己的“不洒脱”；哭自己的“一走了之”，也哭自己的“魂牵梦萦”。她就这样哭着哭着，忽然间，床头的电话铃响了。她本能地拿起电话，还在哭，她的声音呜咽：“喂？”

“灵珊？”是韦鹏飞！

“咔嗒”一声，听筒掉落在桌子上。好一会儿，她不能思想，也没有意识。半晌，她才小心翼翼地坐起身子，瞪视着那听筒，怎么可能是他？怎么可能？他怎会知道她在这儿？慢慢地，她伸过手去，小心翼翼地拿起听筒，放到耳边去，再小心翼翼地问了句：“喂？”

对方一片寂然，电话已经挂断了。

她把听筒轻轻地、慢慢地、小小心心地放回到电话机上。

她就坐在那儿，一动也不动地瞪着电话。心里是半惊半喜，半恐半惧，半期待半怀疑……只等那铃声再响，来证实刚才的声音，但是，那铃声不再响了。她失望地闭上眼睛，泪珠又成串地滴落，怎么了？自己不是要逃开他吗？为什么又这样发疯发狂般地期待那电话铃声？

　　有人在敲门，大概是服务生来铺床了。她慌忙擦掉脸上的泪痕，走到门边去，所有的心思都悬在那电话上，她心不在焉地打开了房门。蓦然间，她头中轰然一响，全身的血液都凝结了。门外，韦鹏飞正挺立在那儿，眼睛亮晶晶的，直射在她脸上。她呻吟了一声，腿发软，身子发颤。韦鹏飞推门而入，手里拿着一件红色的小棉袄，他把门关上，把棉袄披在她肩头，他喑哑地，温柔地说："以后你要上阿里山，务必记得带衣服，这儿的气候永远像是冬天！"她闪动着睫毛，拼命地咬嘴唇，想要弄清楚这是不是真实的。然后，一下子，她觉得自己被拥进一个宽阔的、温暖的、熟悉的怀抱里去了。他的声音热烈地、痛楚地、怜惜地、宠爱地在她耳畔响起："傻瓜！你想做什么？做大侠客吗？把你的未婚夫这样轻易地拿去做人情吗？"她把头埋在他的肩里，闻着他外衣上那股熟悉的气息，她又止不住泪如泉涌。她用手环抱住他的腰，再也不管好不好意思，再也不管什么南极北极，再也不管什么洒脱大方，再也不管什么漂亮潇洒，她哭了起来，哭得像个小婴儿，哭得像个小傻瓜。他让她去哭，只是紧紧地抱住她。好一会儿，他才轻轻推开她，用一条大手帕，去擦她的眼睛和她那红红的小鼻头。

"你整晚都在哭吗?"他问,"你的眼睛肿得像核桃!喂!"他故作轻快的:"无脑小妖怪,你怎么有这么多眼泪?"他在笑,但是,他的喉咙哽塞。

她用手揉眼睛想笑,又想哭,她一脸怪相。

他在沙发里坐下来,把她拉到自己身边坐下,用胳膊圈着她,他不笑了。他诚恳地、真挚地、责备地、严肃地说:"你答应过我,永远不'失踪',哪怕是几小时!可是,你居然想跑到南极去了!你这样不守信用,你这样残忍,吓得我魂飞魄散,你——"他重重地喘气,瞪视着她,眼眶湿润了,"你这个莫名其妙的傻瓜!你真的是个无脑小妖怪!"

"我……我……"她抽噎着说,"我让你们一家团聚的!你……你一直爱她的,不是吗?"

他摇头,慢慢地摇头。

"我和她那一段情早已经过去了。我告诉过你几千几百次,早已经过去了。你为什么不相信我?"

"在医院里,你们三个那样亲热地抱在一起……"她耸耸鼻子,又想哭,"你……你不要顾虑我,我很好,我会支持过去,我不做你们的绊脚石……"

"傻东西!"他骂着,"你不知道我爱的是你吗?你不明白我对欣桐只有感情没有爱情了吗?你不知道她爱的也不是我吗?你不知道我们的绊脚石根本不是你?而是我们彼此的个性不合吗?"他顿了顿,深深地凝视她:"灵珊,让我清清楚楚地告诉你,我永远不可能和她重修旧好,婚姻不能建筑在同情和怜悯上,而要建筑在爱情上。当我知道她病重垂危时，我在人情上，道义上，感情上，过去的历史上，都要去救她，这种感情是复杂的，但是，绝不是爱情！灵珊，"他皱紧眉头，觉得词不达意，半晌，他才说，"我换一种方式跟你说吧。当你告诉我她病危的时候，我震惊而恐慌。但是，当我听说你出走的时候，我却心碎得要死掉了。"

"哦！"她大喊，扑进他怀里，"鹏飞，你不是骗我，不是安慰我吗？"

"骗你？安慰你？"他低下头去，声音哽塞而浑身战栗，"如果失去你，我真不知道怎样活下去。我想，我不至于自杀，但是，我必然疯狂！"

她抬眼看他，惊喊着："鹏飞，你不可以哭，大男人不能哭的！"她用手抱紧了他的头，大大地震撼而惶恐了，"我再不出走了，永不！永不！我答应你！永不出走了！"

他把面孔藏在她的头发中，泪水浸湿了她的发丝。

一时间，他们两个紧紧地依偎着，紧紧地搂抱着，室内好安静好安静，他们听着彼此的呼吸声，彼此的心跳声，两人都有种失而复得、恍如隔世的感觉。好久好久，灵珊才轻轻地推开他，凝视着他那因流泪而显得狼狈的眼睛，问："你怎么找到我的？"

"哦。"他振作了一下，坐正身子，注视着她，"昨天下午，我正在上班，你母亲打了个电话给我，告诉我你出走了。她把两封信都念给我听了，说实话，我实在不太懂你那个南极度假，无脑妖怪的怪话。可是，我当时就慌得六神无主了。我飞车回台北，在路上，我想，你或者会去医院，于是我先赶到医院，见到你那个北极人……"

"北极人？"她不解地。

"那个邵卓生。"

"邵卓生怎么会在医院里？"

"他前天晚上就去医院了，和你分手之后就去了医院。一直睡在候诊室的椅子上。"

"什么？"灵珊一怔，忽然忍不住，就大笑了起来，一面笑一面说，"我的南极是回家，他的北极是去医院！妙极！妙极！他居然买了火车票去医院！哈哈！"

看到她泪痕未干，竟破涕为笑，韦鹏飞感动而辛酸，呆呆地望着她，他竟出起神来了。

"后来呢？"

"后来，他告诉了我南极北极和那个无脑人的故事……"他停住了，盯着她，"你拒绝和他组织伤心家庭，而要我和欣桐破镜重圆？你知道吗？破镜重圆的结果也是组织伤心家庭！"

她不语，睁大眼睛望着他。

"我和北极人谈了半天，并没有得到你失踪的丝毫线索，欣桐也急了……"

"阿裴？"

"我离开医院的时候，阿裴要我转告你几句话。"

"什么话？"

"她说，捧在你手里的幸福，千万不要转送给别人！因为对别人不一定合适。她说她这一生不会再做傻事了，因为人死过一次，就等于再世为人，不但大彻大悟，而且她上辈子许下的诺言，这辈子应该兑现！"

"上辈子许下的诺言？"她狐疑地。

"她说你会懂！"她沉思着，忽然，她脑中灵光一闪，记起来了，阿裴割腕后，晕倒之前说的最后一句话，"扫帚星，我下辈子嫁你！"会吗？会吗？这就是那诺言吗？有此可能吗？又有什么不可能呢？邵卓生原就优秀而憨厚，是值得任何女人去付托终身的！何况，老天有眼，该给那"北极人"一个好姻缘呵！她心中欢畅而激动，整个面庞都发起光来，她满面光彩地对着韦鹏飞："后来呢？"

"后来我回到你家，谈起你那张去南极的车票，我想，你一定往南部跑，于是，我以台南为中心，到嘉义为半径画一个圆，调查每家旅社，这样，今天凌晨五点多钟，才查出你昨夜住在嘉义的旅社名称，我立即开车到嘉义，你已迁出旅社，但旅社的侍者告诉我……"

"我买了到阿里山的车票。"她轻叹着，又低低叽咕了一句，"幸好没去九笨头！""你说什么？"他听不清楚，"九个什么头？"

"别管它！"她的眼睛清亮如水，"后来呢？"

"后来——你坐上七点四十分的中兴号上山，我乘下午两点的光复号也上了山。""那么，刚刚的电话，你是从旅馆里直接打来的？"

"从你隔壁一间，我订了你隔壁的房间。"

"你怎么总弄得到我隔壁的房子！"她嘟囔着，"你在什么地方买的棉袄？"

"嘉义，我知道你没带衣服！"

"既然知道给我买，怎么不给你自己买一件呢？你瞧！你穿得这么薄……"电话铃蓦然间又响了起来，灵珊惊奇地看着韦鹏飞。

"还有谁会打电话来？"

"你父母的长途电话！"韦鹏飞去接电话，补充地说，"我查到你的房间号码，就打了电话告诉你父母，请他们晚一点打来，先给我们一些谈话的时间！"他拿起电话，对着听筒叫："刘伯母，您放心，一切都好！刘伯伯，什么？……不可能的！铬钒钢是一种合金，根本没办法分开……哦，好的！"他把听筒递给灵珊："你爸爸要和你说话！"

灵珊眨了眨眼睛，挑了挑眉毛，瘪了瘪嘴，面容尴尬，勉强地拿起电话，她心虚地叫了一声："爸？"

"灵珊，"刘思谦恼火地说，"你这个无脑小妖怪把全家搅得天翻地覆，弄得我们提心吊胆！恨不得今晚就嫁掉你！免得伤脑筋！"

"爸爸！"她涨红了脸喊。

"哈哈！"刘思谦笑了，"你放心地在山上玩两天吧，你姐姐会去帮你代课。灵珊，你可真会闹故事啊。以后可不许这样了！"

"爸爸！"泪珠又涌进了她的眼眶。

"等一下！"刘思谦说，"楚楚要和你说话！"

"楚楚！"她的心脏怦然一跳，眼光就求助地看向韦鹏飞。她怕这个孩子，她实在怕这个孩子。韦鹏飞走了过去，用手搂住她的肩，把耳朵也贴在听筒上。

"阿姨！"楚楚那娇娇嫩嫩的声音传了过来，"你到哪里去了？我妈妈说，是我把你气走了！阿姨——"她拉长了声音，软软地说："你不要生气，我也不知道为什么要骂你是妖怪，我……我……我很想你！阿姨！你走了，我才知道我有多想你！"

"楚楚！"她哑声喊，鼻子又不通气了，泪珠在眼眶里打转，"我会——尽早回来！"

"阿姨，我唱一个歌给你听好不好？"

"好。"她怯怯地说，心里又嘀咕起来了，想起她那支"最怕爸爸，娶后娘呀"的儿歌。

可是，楚楚用那童稚的声音，软软地唱起来了。唱的竟是一支久远以前的歌，一支好奇妙好奇妙的歌：

> 月朦胧，鸟朦胧，点点萤火照夜空。
> 山朦胧，树朦胧，唧唧秋虫在呢哝。
> 花朦胧，叶朦胧，晚风轻轻叩帘栊。
> 灯朦胧，人朦胧，今宵但愿同入梦！

她唱完了，然后，细声细气地说：

"阿姨，你看，我记得你唱的歌！"

灵珊说不出话来了，是一个字也说不出来了。那么久以前哄她睡觉时唱的歌，难得她竟记得！她握着听筒，整个人都呆住了。对方不知何时已经收了线，她仍然握着听筒发怔。韦鹏飞轻轻地从她手中取下听筒，轻轻地放回电话机上。他的手从后面轻轻地环绕过来，轻轻地拥住了她。他们站在那落地长窗前面。窗外，正是月朦胧，鸟朦胧，山朦胧，树朦胧的时候。窗内，却是灯朦胧，人朦胧，你朦胧，我朦胧的一刻了。

　　他们静静地站着，静静地依偎着，静静地拥着一窗月色，静静地听着鸟语呢哝。人生到了这个境界，言语已经是多余的了——

——全书完——

　　一九七六年九月二十六日凌晨初稿完稿
　　一九七六年十月一日晚一度修正
　　一九七六年十月二十一日再度修正

（京权）图字：01-2025-0195

图书在版编目（CIP）数据

月朦胧鸟朦胧 / 琼瑶著 . -- 北京：作家出版社，2025.1.
（琼瑶作品大全集）. -- ISBN 978-7-5212-3236-3

Ⅰ. I247.5

中国国家版本馆 CIP 数据核字第 2025LT9079 号

版权所有 © 琼瑶

本书版权经由可人娱乐国际有限公司授权作家出版社出版简体中文版

非经书面同意，不得以任何形式任意重制、转载。

月朦胧鸟朦胧（琼瑶作品大全集）

作　　者：琼　瑶
责任编辑：陈亚利
装帧设计：棱角视觉　纸方程·于文妍
责任印制：李大庆　金志宏
出版发行：作家出版社有限公司
社　　址：北京农展馆南里 10 号　　　邮　　编：100125
电话传真：86 - 10 - 65067186（发行中心）
　　　　　86 - 10 - 65004079（总编室）
E - mail: zuojia@zuojia.net.cn
http: // www.zuojiachubanshe.com
印　　刷：三河市龙大印装有限公司
成品尺寸：142×210
字　　数：148 千
印　　张：7.125
版　　次：2025 年 1 月第 1 版
印　　次：2025 年 1 月第 1 次印刷
ISBN 978-7-5212-3236-3
定　　价：2754.00 元（全 71 册）

作家版图书，版权所有，侵权必究。

作家版图书，印装错误可随时退换。

品 琼 瑶 经 典

忆 匆 匆 那 年

琼瑶作品大全集